BIAN ZOU
BIAN CHANG

边走边唱

段文明 著

中国文史出版社

时代洪流中的涓滴之水

——段文明先生《边走边唱》序

王小朋①

　　听说吕梁洪是四险之最，孔子就带着几个弟子前去探访。在那里，孔子被脚下奔涌不息的河水所震撼，留下了"逝者如斯夫，不舍昼夜"的感叹。时间是无形的，很难拿有形的东西来类比它；时间也是有力的，很难拿纤弱的东西来类比它。所以，当一条咆哮跳荡、奔腾不止的河流出现在眼前的时候，孔子就认为，这是最好的喻体了。

　　即便如此，孔子所能关注到的，也只是河流整体的奔涌，而不是组成河流的涓滴之水。

　　人类社会之于时间是渺小的，人类的高明之处在于记录。对于时间、事件、记忆的记录，就组成了历史。然而时间久远，记录也经历了从简陋到完备、从完备到细致、从细致再到冗余的过程。我们关于历史的记录，已经到了穷尽个体一生也

　　① 王小朋，中国作家协会会员，河南省作协理事，洛阳市作家协会副主席，《牡丹》文学杂志主编；作品发表于《天涯》《清明》《四川文学》《鸭绿江》《广州文艺》《人民日报》《北京日报》《文化月刊》等报刊，出版有小说集《巨翅白鸟》。

无法读完的地步。所以，作为知识的历史，是经过筛选的历史，是可以作为集体记忆存在的历史。

这些历史，就是孔子面前奔涌的大河，而那些被筛选掉的历史，则是大河奔涌途中损失掉的无数涓滴之水。

大河，是每个人第一时间的注目点；损失的涓滴，则是思考之后的遗憾。

近些年，文学界流行一个提法："文学是个人史。"此论是否能够立住脚姑且不论，但不可否认，文学确实是个人记忆的重要呈现方式，即便是这样的记忆里有一些虚构的成分或者片面的表述，但它依然表现出了精神的真实。从这个角度来看，或许这些个人史，就是曾经组成洪流或是依然跟随洪流前行的涓滴之水。

读段文明先生这本《边走边唱》，我是充满敬佩的。一个有充分写作自觉的人，才能在繁忙工作、奋勇生活的同时，保持用文字记录生活的习惯。至少我是无法做到这一点的，我在保持生活第一性的时候，常常忘记应该把这些宝贵的瞬间记录下来，等回头再去写的时候，已经丧失了当时的很多感受。这使得原本可能复杂耐品的记忆，变得简单平淡了。

当一个人回首人生的时候，翻阅一本书，看到当时自己的记录，想必会立刻接通记忆，找到那时的心境——这是多么美好的事情啊！虽然在大河奔流的宏大叙事里，没有留下我们的只言片语，但是那些影子和记忆，都留存在个人记录的涓滴之水里了。有人说书本是纸上的人生，这其实与"文学即是个人史"表达的意思大体是一样的。当时代需要我们的时候，我们义无反顾；当我们需要回味那些时代记忆的时候，我们可以在温黄的灯光下阅读自己。

一本《边走边唱》足以温暖自己，照亮别人。

目　录

我与作文

刚上初中的时候，教我作文的是个经常拿着长杆烟袋当教鞭的瘦老头。他常用烟袋敲着我的作文本，铁着脸说："驴头不对马尾，东一榔头西一棒槌……"我像讨厌这个瘦老头一样讨厌作文课了。

我丧气地在作文本的眉批下写了这句话："想起写文章，不胜当婆娘！"

"为啥要写这？没有志气的人，在生活中永远是失败者！"瘦老头把我叫到他的住室，严厉地说，"从今天起，每天背一首唐诗，读三页书，写一篇日记。要写好作文只有一条路：多读、多练！"说着，他走向书架，抽出一本书递给了我。

我被逼着背书，被逼着写日记，谁知竟逼出读书瘾来了。同学们去看电影，我却待在教室里陪林黛玉流泪，为杜十娘长叹；星期天我不回家，待在学校和林道静研究人生，和保尔讨论钢铁是怎样炼成的；我和梁生宝一块儿去买稻种，和杨子荣一块儿去智取威虎山；在书中，我听到了李白朝辞白帝，暮到江陵，沿途洒下的豪放歌声；我看到了苏轼月下起舞，想天上神仙，思地下亲人的落拓姿态……

我品味到了多读多写的妙处，作文大有起色。当瘦老头（我已觉得他不瘦了）不止一次把我的作文当成范文念给同学们听时，我体会到了华盛顿凯旋时的心情，领略到了体育健将登上领奖台时的兴奋。

这种兴奋使我做了多次金色的梦——我当了作家，梦中那簇拥着我的鲜花，那些艳羡的笑脸，令我陶醉和满足。

高一的时候，我把作文整理后寄给了中国青年出版社，退稿信中说："语言流畅、华丽，真情实感不足，离出版的水平还有差距……"我带着懊恼求教我的语文老师——我已经不认为瘦的瘦老头。他笑眯眯地在我手心写上了"世事洞明皆学问，人情练达即文章"，并摇晃着长杆烟袋说："下劲积累生活！"

从此，我衣袋里多了个小本本，我开始留心风土人情、奇闻逸事……

高中毕业后，我当了几年大队支书，其间也没放松，坚持写点文章，但常常"难产"。

一次，夜深了，我还在灯下凝神啃笔杆。

"写啥，就那么难？"妻子问我。

"比你们生孩子难多了！"我苦笑着说。

"玄乎！"妻子白了我一眼，揶揄地笑了。

"生孩子再难，肚子里总有，我提起笔，肚子里却空空的。"

"写不出来，就不要强写，这不是鲁迅说的呀！"妻子的话给了我启发，从此，我想写而写不出来时，就不强写，钻进生活去寻求那灵感的火花。

农村实行责任制后，小农经济的弊端显露出来，我写了暴露时弊的小说《诱人的明天》。编辑在决定刊用我的稿子时提出修改意见，他说："语言和人物均不错，但调子低沉了些，应站在时代的高度……"我又一次得到了新的教训——作者的世界观需要用马列主义、毛泽东思想去改造，否则，将永远写不出有时代意义的文章。

我爱写作文，它可以给我快乐和慰藉，使我找到寄托和精神的归宿，虽然伴随有辛劳和懊恼。

当青春和我告别之后，我有幸踏进新乡师专的大门，这无疑是一大快事。更令我高兴的是，我看到了课表上安排有写作课，我当即兴奋地在日记上写道："我和作文是有缘分的，我以一个狂热的求爱者的心情去追求把文章写好，可我还没有驾驭文章的能力。但我坚信，老师是不允许我写不好文章的！"

1983 年 10 月于新乡师专中文 832 班

3

妻子的眼睛①

在我感情的荧屏上，有一双含情脉脉、熠熠灼人的大眼时时关注着我、抚慰着我、激励着我。

在这金色的秋天，已经三十六岁的我手持勤奋之剑，终于拨开了新乡师专的大门。人到中年重为学子，除了迟到的欣喜，更多的则是身为人子而不能杯水于前的牵肠挂肚，身为人夫、身为人父却责任缺位的酸楚和无奈。能使我心无旁骛去完成学业的，是时时闪现在我感情荧屏上的妻子范岚那双含情脉脉、熠熠灼人的大眼，是这双迷人的眼睛，给我温馨，给我抚慰，给我定力，给我激情……

那是 1966 年的春天，正当我踌躇满志向大学门槛冲刺的时候，有人给我介绍对象了——

"我没爹没娘，还比你大两岁，你要嫌弃，就……"她揉着衣襟，惶恐地向我瞥了一眼。

"哎，咋还大两岁！"我心里一揪。除了她那一双水汪汪

---

① 此文发表在《安徽文学》2009 年第 11 期上，并获得中国散文年会"2009 年百篇散文奖"。

的大眼和直言不讳的诚实外，可以说，第一次见面她未给我留下什么好感。

激情飞扬的年代发生着激情飞扬的事情：班上一个婉约的女生要给我织带蝴蝶图案的毛衣；剧团上那个唱铁梅的清丽女演员，听了我一次慷慨激昂的街头演说，竟几次邀我去看她演戏……

一年过去了，我只给范岚写过一封信。在我下决心把她忘却的时候，她又找到了我。她倚在一棵柳树上，一只手不住地抠着树皮。

"你给俺说句来回话，到底愿意不愿意？"她的话语是那样的轻，并带有几分哀怨。

"哦……愿意。"我不知怎么竟没勇气把"不"字说出来。

她抬起头，脸上泛起兴奋的红晕，那双长而弯的大眼波光闪闪："给，看合适不？"她从黄色的帆布挎包里掏出一双千层底鞋塞到我手里。

她走了。我望着她的背影颓坐在地上，双手捶打着脑袋。她是民师，处在"穷嫌富不爱"的地位，她又比我大两岁，我要不愿意，就耽误了人家一年……正是这负罪感使我不能把"不"字说出来，可是……

寒暑交替又一年，我怀着同情心和范岚结婚了。

新婚的第二个晚上，我送走了闹房的人们，回到房里，见我俩的结婚照片被撕碎了，嵌相片的镜子也破了。

"这？"我狐疑地问。

"你……睡吧！"她背对着我，慌乱地拉开被子。

"你咋了？"我扳住她的肩头问。

"都是我不好!" 她说着趴在床上压抑地哭起来,并把一封信扔到了床上。

我捡起信,一切都明白了。婚前,我去信把消息告诉了那位给我打毛衣的姑娘,她回信了——

当你接到我的回信时,你可能正值洞房花烛之夜,我祝愿你幸福!我们之间除了友谊,谁也没有许诺过什么,我们不会演出宝玉出走、黛玉焚诗的悲剧……窗外秋雨渐沥,灯下我百感交集——灯下思学友,忆昔泪湿襟,身居空室独自愁,无意苦争春……

我木然地坐在床沿上,痛楚、惆怅、内疚和无可奈何在升腾、盘旋。

范岚不知什么时候止住了哭泣,她拉住我的手说:"我知道你是可怜我才和我结婚的,我不如她,我和你离婚,你和她结婚吧,我不能让你难过,真的,啊!"她轻轻摇晃着我,眼里闪烁着诚挚的光芒。

我心里一热,我被她的纯朴和善良感动了,说道:"不……她是个很有才气的姑娘,对我也很好,但说不到其他什么。咱俩已经结婚了,就白头偕老吧!"

我一觉醒来,发现范岚还没有睡,她正用胶布粘那破了的镜片。灯下,她那长长的睫毛像蜜蜂的翅膀一样忽闪着,双眼皮像工笔描过一样清晰如画,湿漉漉的眼角仿佛溢着淡蓝色的水痕,这是一双充溢着幸福和满足的眼睛,我第一次发现了她青春的美丽。

6

"睡吧!"我一把把她拉进被窝。

"今后,只有咱俩好,啊!"

"你还担心?还需要勾指头起誓吗?"

"谁让你起誓了?"她娇嗔地把头靠在我的胸脯上笑了。

也许是物以稀为贵吧,穷山沟的父老乡亲竟推举我这个高中生当了大队支部书记。

"家里事你甭管,群众信得过咱,你好好给大伙办几件事!"妻子鼓励我。

如果我要在社员大会上讲话,她非逼我先打个稿子不行,并发挥她那教语文的才能,指出这里文了点,那里没气势……当社员们入神地听我慷慨激昂讲话的时候,范岚总笑眯眯地凝视着我,眼睛里闪出欣喜的光芒。

她,忧我忧、喜我喜,这是中国几千年来夫唱妇随在新一代人身上的烙印吧?我给她带来的却是更多的苦恼——

在一次开挖林带的劳动中,一个叫胡三油的霸王社员去得晚,我当众批评了他,并扣了他半晌工分。吃晚饭的时候,胡三油竟气汹汹地找上了门。他摇晃着脑袋说:"当干部也不是祖宗世业,日头爷总在你门前过!操啥良心扎啥根,谁扣我工分谁当绝户头!"

"住口!"妻子像一头困兽一样大叫一声,向胡三油逼了过去,"你推前岔后不干活想多要工分,是啥良心?他当干部风里雨里为大伙,你还来糟蹋他,你是啥良心?你有话好好说,我高接远送;你要满口吐粪,我让你滚!"范岚此时像头狮子,浑身颤抖着,平时含柔溢情的一双眼变得血红,喷射着怒火。一向温柔的人发了火也许更厉害,她那震慑须眉的血性

7

也令我惊呆了。胡三油也在这个暴怒的女人面前塌了架，"好男不和女斗"，撂下话一溜小跑逃走了。

晚饭时，妻子显出加倍的殷勤，她望着我，有点神不守舍的样子。我劝了几次，她也没有吃饭。

饭后，我煞有介事地翻阅着报纸，"吧嗒"，什么东西滴落在报纸上。我抬起头，见妻子正站在我背后，泪水正从她那一双大眼睛里迸溢而出，潸然落下。

"这几年我当干部，也让你跟着受委屈……"我带着愧疚的心情劝慰她。

"不，受苦受累受委屈，我都心甘情愿，可我对不起你……"她嘴角抽搐着不能自抑，"我们结婚几年了，我也未给你生个孩子，让人家当短头揭，我心里难受啊！"她半跪在我的面前，摇晃着我胳膊，哀求着说，"明，我想好了，我们离婚，你再找一个，我离婚不离家，一天到晚能看着你就行了……你答应我！"

她那颤抖的话音，带着她心灵伤口上的血迹，像石头一样撞击着我感情的琴弦。我凝视着她沾满泪痕的脸庞，蓦然发现她老多了——眼角那细密的鱼尾纹像条条鞭子抽下了她两腮的青春红，颧骨微微突出，眼睑也有点下垂了。

几年来，我扑在大队的工作上，没给家挑过一担水，也没往自留地送过一罐尿，我像个旅客一样白天在家吃顿饭，晚上回家睡一宿。范岚却学校、家里两头忙，放了学，她拍打着满身的粉尘，跑进厨房做饭，一碗碗端给我吃，一针针缝给我穿……

有几次，我要去灶房替她烧火，她说："你歇着吧，笨手笨脚的，谁叫你干!"

"那，我把脏衣服拿去搓一把。"

"你不怕别人笑话你怕媳妇? 放下，有我呢!"说着，给我投来甜甜的眼波。

望着她那憔悴的脸色，我心里涌起难以名状的酸楚。我摩挲着她那粗糙的手臂，喃喃地安慰着她:"别说傻话了，我还要和你白头偕老呢……人生的内容不光是生儿育女啊，要真想孩子，咱就收养一个。"

第二天一早，妻子非让我陪她到医院检查一下。回来的时候，她执意买了一个大布娃娃。她像小孩子一样忘情地端详着布娃娃，眼里充满稚气和欢悦。我不忍看她那专注的神态，鼻子酸溜溜的，急忙拉她逃出了商店。

这一年我们有了一个女孩，妻子给她起名叫"拉弟"，我没有反对这种俗气的叫法，因为我理解妻子的用心。

出于政治形势的需要，1979 年，我卸去大队支部书记的职务。要与过去告别，心里升腾出怅然若失的酸涩。

那是早秋的一个晚上，轻风习习，月光似水。谁说这梦幻般的夜应该属于恋人，我要在这静谧、温馨的月夜去寻找即将失去的过去——我要再亲眼看看我带领群众开凿的十里盘山渠，看看石桥、梯田和苹果园……那里有我洒落的汗水、心血和失落的青春。

我沿着石渠爬上梯田，向"五亩塘"走去。这个塘是用了一个冬天开挖砌就的，可蓄水六万余方，浇百十亩地。我已经望见那波光闪烁的塘水了，我贪婪地走过去……

"不能跳啊!"当我走近水塘时，一声凄厉的喊叫把我吓

9

了一跳，随即范岚已气喘吁吁地跑到我跟前，死死抓住我的胳膊。她呼哧呼哧地喘着粗气，我却忍俊不禁："真小心眼，现在去见马克思，我还有点年轻哩！"

她把一件衣服披在我身上，不好意思地笑了。月光波影映照着她的眼睛，反射出熠熠的光彩。

以后，我到公社办的高中当了民师。1983 年春，妻子催我去考大专班，她说："今年不去，明年也许就走不脱了。"说着，诡秘地指了指她的肚子，啊，她怀孕了！

在我迈过而立之年门槛的第六个年头，在勤奋之神的青睐下，我终于跨进了新乡师专的大门。

离家那天早上，妻子三点钟就起床给我包饺子，一碗煮了六个鸡蛋。

"咋还吃这个？"

"出门吃鸡蛋，好！"她笑眯眯地回答。

"别装了，净行李！"见妻子把鸡蛋、馒头、漤柿往挎包里塞，我制止着。她不回答，只是抬起眼皮看了我一眼，手却没有停……

我要走了，她把我上下打量了一番，像交代一个没出过远门的小孩子一样嘱咐着："我不能跟着你了，饭要吃饱，天凉了要加件衣裳……"

"知道。"

"走吧，看误了车。"她催促着，可手仍紧紧揪着我的衣服不松开，她含情脉脉地望着我，"把这二十块钱你也拿着，买身衣裳，出门在外，甭叫别人笑话咱。"

我走出大门，她叫着"等等"，又追了出来："……啊，到那儿甭想家……被子脏了过年捎回来，你又不会拆洗……"
她声音越来越轻，最后噎住了。

我呆呆地站着，不愿上路。

"走——吧!" 她轻轻推了我一把。

我终于走了，当我回头的时候，晨岚晓雾已遮掩了她的身影，可我总觉着有一双波光闪闪的眼睛在盯着我。

到校半月，接到妻子来信——

> 明，见信如面。湛蓝剔亮的长空，不时有雁字划
> 过，洒下嘹唳之声，鸿雁真能传书该多好啊……天气
> 渐冷，我熬了两夜，给你赶做棉衣，随之即可寄
> 到……

我读着读着，泪影里浮现出妻子挑灯引线赶制棉衣的情景——她神情专注，仿佛要把对丈夫的爱全部缝进棉衣，她那一双水汪汪的大眼，流溢出诚挚、坚毅、爱怜和欣喜。

啊! 在中华民族繁衍生息的古老土地上，有多少双这样的眼睛，给社会的每一个细胞以温润的守候，给为人生理想而奔忙的人们带来精神的慰藉和前进的力量啊!

1983 年 10 月 20 日拟就于新乡师专

读书笔记两则

情真意切，余味无穷
——谈《山地回忆》的直接抒情

《山地回忆》和孙犁同志的其他作品一样，文如清风轻云，情如顺流溪水，平淡之中见奇，白描之中见雅。文中表现的军民之情虽然濡染纸背，但直接抒情只有两句，真可谓惜墨如金！

当妞儿主动要求给"我"做袜子的时候，作者写道："我看了看我那只穿着一双踢倒山的鞋子冻得发黑的脚，一时觉得我对于面前这山、这水、这沙滩，永远不能分离了。"

妞儿是个纯朴、泼辣、可爱、真挚的姑娘，她在和"我"发生口角之后，把"还够做一双袜子"的布给一个陌生的八路军战士做袜子。正是这千千万万的妞儿支持着，八路军才立于不败之地。作者眷恋那山水、沙滩，是顺理成章的。这里作者完全可以再加以铺张扬厉，但没有，给人以回味的余地，把

"为什么"留给读者，这正是孙犁同志的风格之一。

文中第二处直接抒情，是"我"的袜子被黄河水冲走以后。作者说："黄河的波浪激荡着我关于敌后几年生活的回忆，激荡着我对于那女孩子的纪念。"

这里作者把实写和虚写有机结合了起来，在此，谁会怀疑那激荡的黄河水不是作者感情的洪流呢？

妞儿住的阜平不产棉花，她刚学会纺线，那一块白粗布又是"我们妞儿纺了半年线赚的"，把原准备"给她爹做双袜子"的布给一个八路军战士先做了，做得是那样的结实，"鞋底也没有这么厚"，妞儿保"我"穿三年……这双袜子包含妞儿多少的心血，寄托了群众对八路军的深情厚谊，又有企冀早日打败日寇的心愿……可是袜子被水冲走了，时过境迁，物丢情在，对那女孩子怎能不"纪念"呢？那双袜子又岂止是表现了军民之情，更表现了中华民族的凝聚力量，正是这坚不可摧的凝聚力，"战胜了日本强盗"，作者怎能不对敌后生活产生回忆呢？作者的感情像黄河激浪，"一江春水向东流"，在此具体形象化了。

两句直接抒情，辞采不绚烂，文风不宏丽，铺陈不浪漫，但情深意真，内涵丰富，余味无穷，耐人深思。这正是孙犁同志的风格，也是他开创的"荷花淀派"的独到之处！

1984 年 3 月 20 日拟于新乡师专

读书随感

（一）"情之至"的杜丽娘

《牡丹亭》中的杜丽娘"泣血还魂"，是"情之至"的有情人。

杜丽娘与梦梅梦中相会，由梦生情，由情而病，由病而死，死而复生。《牡丹亭》反封建礼教、反程朱理学的主题，主要是通过她来表达和体现的。在她身上有着强烈的叛逆情绪，这不仅表现在她为寻求美满爱情所做的不屈不挠的斗争方面，也表现在她对封建礼教给妇女安排的生活道路的反抗方面。

作者成功地描写了她反抗性格的成长过程：她梦中获得柳梦梅的爱情，更加深了她对幸福生活的追求，"寻梦"正是她反抗性格的发展。她为爱情而死，又为爱情而生，为理想牺牲，为理想而复活，追求爱情大胆而坚定、缠绵而执着。

总而言之，作者通过对杜丽娘出生入死的爱情描写，给我们塑造了一个典型的叛逆妇女的形象，读之撼心、撼情。

（二）壮哉，窦娥！

关汉卿笔下的窦娥，是一个性格刚直、不向恶势力低头、富于反抗精神的可敬的中国妇女的光辉形象。

窦娥的反抗性格是由她在家里怒斥张驴儿、法场斥骂天地和鬼魂诉冤这三次大的矛盾冲突中表现出来的。

当张驴儿向她提出无耻要求时，她一口回绝，并对蔡婆婆的糊涂行为加以嘲讽，这是她反抗性格的初次流露。张驴儿诬陷窦娥，逼她顺从时，她为了捍卫自己的贞洁，宁要"官休"不肯"私休"，这也表现出她反抗性格的一面。

公堂上，她虽招承"药死公公"罪名，但并非是因胆怯而屈服，而是为免婆婆受刑挨打，这正是她善良的一面。

她在赴法场的路上，对世界的主宰者天和地进行了大胆埋怨和呵骂，为自己负屈衔冤而激烈抗议着。"不分好歹何为地""错勘贤愚枉做天"，这是绝望中迸发出的抗争的嘶喊，这是她反抗性格的急剧发展，是不甘向命运低头的具体表现。

当她含冤而死之后，三桩"无头愿"均已实现。她死不甘心，鬼魂出场，找父诉说冤情，终于得以昭雪，最后完成了她反抗性格的最后一笔。借此悲剧的气氛也深化了主题，表现了人民申冤复仇的愿望和真理不可战胜的力量。

（三）叛逆英雄孙悟空

吴承恩笔下的孙悟空，是叛逆的英雄。他有着蔑视权威的叛逆精神、无所畏惧的战斗精神、不畏强暴的雄伟气魄，浑身是胆，百战不衰。

"大闹天宫"是他个人的英雄传记，"西天取经"是他建功立业的光辉历史。

他闹天宫、闹龙宫，敢树"齐天大圣"之旗，天兵天将拿他不住。公然提出"皇帝轮流做，明年到我家"的口号，表现了当时人民的反抗思想和革命情绪。

孙悟空辅佐唐僧到西天取经，屡斗妖魔，一一获胜。善识妖魔伪装，哪怕最厉害的敌人，他也有巧妙办法，钻进对方肚子里，使其俯首就缚。他机智、勇敢、正直、乐观，他身上集中反映了劳动人民反对强权和暴力，蔑视统治阶级的权威，坚决向统治阶级斗争的反抗精神。揭露和批判了统治阶级的丑恶本质，表现了劳动人民在斗争中克服困难的坚强信心，征服大自然的伟大气魄，以及正义必然战胜邪恶的坚定信念，有着深远的社会意义。

衷心呼唤孙大圣，"玉宇澄清万里埃"！

（四）妙哉，《西厢记》"长亭送别"的心理描写

王实甫的《西厢记》用比喻夸张的手法来描写心理，这是其重要的艺术特点，这一特点在"长亭送别"一出中体现得最为突出。

作者着力描写了他们的相思之苦，离愁别恨，愤懑和怨诉，激情和喜悦，真切动人，发掘到了人物内心深处，充分表现了他们在爱情的悲欢离合中强烈的情绪感受和复杂的心理活动。在"哭宴"一折中，莺莺不愿张生离去，"恨相见得迟，怨归去得疾"，她希望柳丝系住玉骢，疏林挂住斜晖；当她听说"一声去也"，竟然松了金钏，"遥望见十里长亭，减了玉肌"，极度夸张，体现了莺莺当时的离愁别恨。张生未走，只是安排车马，可莺莺已无心打扮梳妆，想到只有独卧沉睡，别泪离恨。通过莺莺的眼睛，我们看到了张生眼泪汪汪不敢垂，恐怕人知，他只有长吁短叹，佯整衣服作为掩饰，一系列的描写把张生的心理刻画写得真切入微。相思滋味苦，别情更十倍啊！作者正是通过情景的衬托，夸张手法的运用，对主人公心

16

理活动进行了深刻细致的描写，使主人公形象丰满，使人产生强烈同情，深化了主题。

待月西厢、长亭送别已成佳话，读之，更觉情到深处滋味苦啊！

（五）不可避免的宝黛爱情悲剧

宝黛爱情悲剧并非偶然因素造成的。

他们的爱情之所以要遭到摧毁，是因为在 18 世纪的中国封建社会，他们的生活理想和叛逆性格、爱情方式还找不到强大的社会力量的支持。因此，这一悲剧是性格悲剧、时代悲剧，是反封建力量还敌不过腐朽势力的悲剧。这一悲剧一方面反映了封建礼教的吃人本质，另一方面也深刻说明了一种新的与封建思想格格不入的思想意识已在萌芽，有力预示了封建制度、封建社会不可挽救地走向灭亡的命运。

总之，曹雪芹把爱情这一主题用丰富的、社会性的、政治性的内容充实起来，提高起来。他通过爱情深刻地接触到许多重大的整体性的社会问题。

没有爱情的人生是可悲的、可怜的人生，没有爱情的生活是嚼蜡式的、枯燥的生活，爱情使人生诗化，文学因爱情而诱人。

1985 年 4 月于新乡师专中文 832 班

《岁月如歌》前言后记①

前　言

"江山代有才人出，各领风骚数百年。"

且不说域外巨头、风云豪杰，仅华夏之脉、炎黄子孙那绵长深邃的发展历程中涌现出的各色人物，已使卷帙浩繁的典籍难囊，万签插架的书海愧述。

从人猿揖别之后，即有了仓颉造字、女娲补天、神农稼穑、精卫填海、轩辕定舟、羿射九日、嫦娥奔月、尧舜禅让、禹治洪水之说。

尔后，朝代兴衰，人世沉浮，即有了帝王后妃、三公九卿、高官贵爵、富商大贾、财阀军棍、乱世奸雄、历史伟人、英雄豪杰、雅士骚客、科学泰斗、鸿生巨儒、隐士逸民、贩夫走卒、三教九流……

写史、记传应运而生。正史、编年史、纪事、本末、国别

---

① 《岁月如歌》（上下册）百万余字，是作者私人档案式的杂文集。

史、杂史、传记、方志、谱牒……或官修或私撰，使各色人物或名扬千古、或遗臭万年，各得其所，各得其归，事有毕至，理有固然。

秦皇、汉武、唐宗、宋祖、成吉思汗……明君圣主、一代天骄，名垂青史，口碑于后。但今朝风流，更为亘古难觅。那具有纵横捭阖的谋略、吞吐天地的气魄、包藏宇宙的胸襟、震撼五岳的谈吐、深邃精辟的思想的一代伟人，那羽扇纶巾、运筹帷幄、韬略在胸、机谋巧设、屈人之兵、决胜千里的元帅，那横刀立马、驰骋疆场、斩关夺隘、横扫千军如卷席的将军，那出使五洲、统管全局、洞察幽微、妙智奇能联盟友、唇枪舌剑扫顽敌的外交家，那陈仓暗度、智越险阻、谍海荡舟潜入虎穴、轻歌曼舞玩敌于股掌之上、粉面桃花取敌首于瞬息之间的谍场英雄，那苦心孤诣描述生命的激情、欢爱的颂歌、沉浮的悲欢、拼斗的惨烈、厮杀的悲壮、鏖战的血腥、山水的钟秀的才华灼闪的文坛巨星……真乃前无古人。

但任何历史活剧都离不开芸芸众生、平民百姓。他们既是活剧的演员，又是活剧的观众；他们既是叱咤风云者的衣食之源，更是朝代的基石及兴衰更替的动力。无怪乎天安门城楼上一代伟人那"人民万岁"悠长、深情的高呼，成为人们顶礼膜拜的最美妙、最醉人、最令人神往的无与伦比的天籁之音，响彻历史的天宇。

浩如烟海的典籍，令人目不暇接；光彩灼人的佳构名作，令人嗟呀称叹。但平民百姓入典住籍者几近于零，可叹历史之不公、世事之不平。那些悲喜交缠、昌盛衰落、生生灭灭、传衍不息的族群中不乏怀瑾握瑜、抱英拥华之辈，万民百姓乃如

19

历史风尘中的断珠散玉、吉光片羽，弥足珍贵。多少导演人间活剧的帝王将相、风流人物像历史天幕上的日月星辰熠熠耀人，而平民百姓乃如星火流萤"的历流光小，飘摇弱翅轻"。那些手握乾坤、驾驭四海者是参天大树，施风播雨，调节人间冷暖，荫庇万民，装点历史的春天；而百姓众生乃小草，以其针尖小绿织就连天碧锦，以益然浓绿缀衬出历史春天的绚烂和绮丽。

我是一只流萤，"恐畏无人识，独自暗中明"；我是一棵小草，不甘寂寞生，留绿在人间。作为一个平头小民，与风云人物一样，拥有上帝赐予的独特的生命轨迹。滚滚红尘，茫茫人海，世道沧桑，人生百态，政事得失，人物浮沉，荣辱进退，世情冷暖，如烟如云，历历在目。人生虽千秋一瞬，但不愿梦断史绝者多矣，吾虽市井俗人，亦愿走出无憾无悔之人生之旅。

浪迹官场时即有此意：以《岁月如歌》为名把自己仅存的日记、杂文、小说、作文、大字报、讲话稿以及给上司写的"台词"，按时间顺序整理成集。2002 年 3 月 7 日终于退出官场，成为餐霞饮露的闲人，遂着手了却此愿，经近五个月苦心孤诣的工作，终于有果。

这是一堆文理欠通、杂乱无章的文字，几近古董。但我对文字并没做修改和润色，保持了原汁原味，意在活脱脱地呈现一个当时当地的"我"来，要的就是当时真实的杂乱、真实的稚嫩、真实的狂热、真实的愚昧、真实的憨厚和真实的情感。因为我是有着社会属性的人，当时的情感、心态、言谈举止都明显地镌刻着时代的烙印；否则，我非我也。

这是我的私人档案，无意让外人评点，更无伤害他人之意。我只是想把仅存的材料理顺成集，留给我的家人，赠给我的朋友，送给我爱的人和爱我的人，以及那些关注我、关心我、对我有兴趣的人，让他们爱、让他们恨、让他们骂、让他们哭、让他们笑……

2002 年 7 月 15 日 17 点 42 分于卫生局家属楼书房

后　记

"一锅粥，一锅杂烩菜……"掩卷凝思，会悔上心头，还是不可名状？

真的，书中无"大风起兮云飞扬"的冲天豪气，无"力拔山兮气盖世"的英雄气概，无"大江东去，浪淘尽，千古风流人物"的铿锵磅礴，无"金戈铁马，气吞万里如虎"的震撼气势，也无"人生自古谁无死，留取丹心照汗青"的忠肝义胆，没有高适笔下那"大漠穷秋塞草腓，孤城落日斗兵稀"的悲壮苍凉，没有诗仙太白那"仰天大笑出门去，我辈岂是蓬蒿人"的洒脱自信，没有诗圣那"朝扣富儿门，暮随肥马尘，残杯及冷炙，到处潜悲辛"的沉郁顿挫，没有王维那"明月松间照，清泉石上流"的清新淡雅，还没有陶渊明"采菊东篱下，悠然见南山"的闲适别致……

尽管如此，熬一锅粥、煮一锅杂烩菜竟用去我十个月的时间，没想到这么缠手，没想到拖这么长时间。

2002 年 3 月 7 日告别官场，迎来送往，稍做调整，3 月 22

日就开始投入翻阅、剔选、勘对、排组手稿的劳顿之中。用了两个月的时间，到 5 月 27 日才把材料大致整理好。

5 月 31 日—6 月 28 日，排出"岁月留痕"部分，待检查完已到了 7 月 13 日了。其间还辑选了部分日记。7 月 8 日摘抄了父亲的几则日记，7 月 4 日—14 日选抄了"关于母亲的记录"。

7 月 15 日写了前言，7 月 16 日《岁月如歌》的全部材料已初步理顺。

拣选整理照片就用了二十天（7 月 21 日—8 月 10 日）。

8 月 12 日下午开始把材料输入电脑，加班加点忙碌到 9 月 11 日才算全部输完。

9 月 15 日开始校稿，待把稿子校完第一遍已是 10 月 25 日了。

10 月 28 日，我到新、马、泰以及中国香港、澳门旅游。11 月 13 日回来，于 12 月 2 日着手校对第二遍，13 日二遍校完。12 月 15—19 日"岁月留痕"二遍校毕，标志着《岁月如歌》大局趋臻。

下面还有一段路要走——最终校改、排版、印刷……待《岁月如歌》成册问世，还需不少细致的工作。

告别政坛后的这段时光，终无丝竹之乱耳，但仍有案牍之劳形。我按时"上班"（书房在新城卫生局家属楼），晨昏不误，风雨无阻。我一头扎进落满时光尘埃的破纸堆里，重新刨捡、回嚼、品味母亲的无私和伟大，身为人子、身为人父、身为人夫的沉重和多味，世态冷暖的孤愤和不平，艰难跋涉的劳苦和辛酸，开拓进取的激越和坚韧，运筹布阵的匠心和睿智，

22

干事创业的忘我和执着，成绩斐然的自豪和欣慰，两情相悦的缠绵和酥心，生离死别的无奈和痛彻……我重新历数了我人生征程上横亘的苍生众庶都难以逃脱的一道道路堑——国与家、民与己、公与私、荣与辱、升与沉、理与欲、权与法、灵与肉、爱与憎……又一次体味了自己当时跨越这些人生路堑时的境况和心态。

沉浸往事，忘饥忘时，常不知午饭吃否，常不觉月兔临窗；多少次泡方便面填肚不忍离开书案，妻儿多次催叫才品尝脖疼腰酸之苦逶迤回家。思吻旧事，忘我忘形，酷暑灼油，我冷水一浇，独蛰斗室，身着"皇帝新衣"，享受赤裸裸的轻松，不顾汗流浃背……如今想起此情此景，不禁哑然失笑。

"问君何能尔，心远地自偏。"我正是把浮华和焦躁关在寂寞的门外，才使心灵提升到超然的境地；正是甘于寂寞、耐得寂寞，才能清静自处、勤耕不辍，捡拾我来路上那散落的没有雕琢的、原始的生活贝壳；正是关闭了寂寞之门，才真正脱离了尘嚣，走出了浮躁，获得悠然自得的精神自主的皈依，再无灯红酒绿、奢靡浮华之虚妄，再无门前车水马龙之烦扰，再无迎高送远繁文缛节之重负，更无跑官要官谢恩私门之劳神……

至此，我才拥抱了人生的三种境界：领略到了"昨夜西风凋碧树，独上高楼，望尽天涯路"那瞬间失落而登高临远、思接千载、视通无穷的感悟；真正体味了"衣带渐宽终不悔，为伊消得人憔悴"那炼狱般的苦熬和渴盼；也真正享受了"众里寻他千百度，蓦然回首，那人却在灯火阑珊处"那初衷付践的欣喜。

但也有遗憾，学生时代的材料遗失太多，无筛选空间；《岁月如歌》只校对两遍，谬误之处定然不少……好在属内部资料，只给自己人看，尚有商榷、修正的机会。

四弟文辉勘正、排版、印刷，外甥孙孟奕辉荧屏劳作输文月余，不少朋友相催相励，始使《岁月如歌》结集成册，在此特表谢意。

2002 年 12 月 22 日 14 点草拟于卫生局家属楼书房

至诚的感谢

——中短篇小说集《残缺》后记①

感谢父母

感谢父母给了我对文学一往情深的天性，使我对文学倾之恋之，痴心难泯。

上小学五六年级的时候，就常把头埋进课桌抽斗里去贪婪地阅读砖头厚的《林海雪原》《苦菜花》……因此常挨老师掷来的粉笔头。老师不能容忍我心神二用的行为时，就恨铁不成钢地夺走我心爱的"闲书"，逼我改邪归正，专心致志地听老师授课。但晚上熄灯钟敲响后，我又偷偷点燃用墨水瓶自制的煤油灯，如饥似渴地去追寻林道静执着而充满凶险的革命行踪，去品赏《李家庄的变迁》《小二黑结婚》那山药蛋味的纯朴和隽永，也去为阿尔芒和茶花女的爱和恨懵懂地落泪，还和保尔一块儿去研讨钢铁是怎样炼成的……因为熬夜，当该起床

① 中短篇小说集《残缺》于 2005 年 8 月由光明日报出版社出版发行。

的时候，我却酣睡不觉晓，常因早自习迟到被罚站在教室门外。

1960 年的一天，当时我就读的洛宁师范附小请崛山村的革命老妈妈黄苟给同学们讲她的革命经历，进行传统教育。听后我感动不已，以她为模特，十六开纸我竟洋洋洒洒写了十几页，那是我第一次写小说的尝试。

上初中后，我的作文常被老师在作文评讲课上念给大家听，我很自得，竟不知天高地厚地把作文结集寄给了少年儿童出版社……幼稚而荒唐的行为曾使自己感动，那萌生的作家梦使生活的憧憬更加灿烂多彩、饱含诗意。

感谢生活

生活的魔杖肆无忌惮地挑逗、拨弄着每一个人，政治、经济、社会、家庭、事业、情爱……那难以捉摸的变数使人应对不暇。因此，20 世纪 80 年代初我写了十几部短篇小说，大都是被生活逼出来的，当时是如鲠在喉不吐不快，写得很沉重。但也有轻松的、逐波应景的。二十多年过去了，人们的人生观、价值观以及时代背景都已与时俱变了，现在再看当时的几部小说，就像看从历史尘土中掘出的没烧透的陶片一样。

感谢组织

20 世纪 80 年代中叶，组织竟让我步入政坛，从乡长、乡党委书记到计生委主任、卫生局局长、教育局局长，责任和良知驱使我竭诚尽虑地工作，不敢有丝毫的懈怠。其间，烦冗猬集的政务使我无暇再心有旁骛，躬身为民的使命感也使我不敢不务正业。2002 年初，我离开政治舞台，如释重负的轻松和解放感像橹桨一样把沉淀心海多年的文学情结再次泛起——我先把多年积累的百万字的文稿结集为《岁月如歌》（上下册）结集；去年又写了三部中篇和一部短篇小说，再次踏上文学之旅。

当 2005 年新年的钟声回荡心头的那一刻，我突发奇想：把新旧小说以《残缺》为题结集出版。随即付诸行动。

我知道，对文学的热情是代替不了文学功底的，更代替不了对生活的悟性和灵性。《残缺》的稚嫩和不谙章法以及其他方面的不合时宜都会有，只有敬请读者指正和见谅了！

也许文学才是我最钟爱的伴侣，我会把写作当成生活来享受的，我将不停地写下去，力争写出满意的作品和读者共飨。

感谢河南省作协主席、蜚声全国的实力派作家张宇给本书作序，并给我鼓励和期望。

感谢《牡丹》和《洛宁之窗》把我的作品介绍给更多的读者。

感谢牵挂我的人和我牵挂的人给我心灵的抚慰和精神上的支撑！

感谢各位文友和关心、关注我的所有朋友们！

2005 年 3 月 14 日于县城西关旧宅

无悔的梦①

    在洛阳市的文学艺术圈里我是个无名之辈，承蒙洛阳市文学艺术研究会的厚爱，为我的中短篇小说集《残缺》召开这次研讨会，使我有机会与诸位见面并接受大家的教诲，给我以激励和鼓舞。在此，对这次研讨会的策划者、组织者和尽职尽责服务的朋友们表示诚挚的谢意！

    今天参加研讨会的有蜚声于外的评论家、学者，有造诣颇深、作品颇丰的作家、诗人，有热情似火、才思敏捷的文学新秀，也有洛阳市文学艺术界资深的、德高望重的前辈，还有各级领导和新闻界的朋友。可以说，诸位是洛阳市文学艺术天幕上熠熠生辉的明星，大家的到来，特别是叶鹏教授，瀍河区常委、宣传部部长王宗灿和洛宁县副县长高丽萍及宣传部领导的到来，提升了研讨会的规格和品位，增加了研讨会的文学艺术含量和政治含量。一会儿，大家还要对我的作品发表自己的真知灼见，诸位的发言将像纯氧一样注入我创作的热情，起到助

———————

    ①　2005 年 12 月 7 日，洛阳文学艺术研究会在洛阳东华楼大酒店举办了"段文明中短篇小说集《残缺》研讨会"，本文是作者的答谢词。

燃作用；大家的发言，将成为激发我创作的激素和膨胀剂，促使我满怀激情地在文学的道路上努力探索和实践。因此，我由衷地感谢大家！

我的中短篇小说集《残缺》共收录十七篇中短篇小说。其中有十三篇是20世纪70年代末、80年代初我当农民、当民师时写的。这十三篇小说中，有一部分是为了用虚假的憧憬来调剂当时无奈而苦涩的生活而写的，但大部分是被生活逼出来的，是为了释放心中的块垒而不能不写、不得不写的。20世纪70年代，我这个高中"老三届"的回乡知青在本大队干了近八年的大队支部书记，可以无愧地说，我的青春和革命激情都撂在了家乡的荒坡厚土之中。可1979年秋，因政治环境的改变，一刀切地停止了我们这一茬人的党组织生活，我被免去了大队党支部书记的职务，心中愤懑地写了《无边秋雨急如愁》。20世纪80年代初，面对农村分田到户出现的新问题，我写了《诱人的明天》和《泥土深处》。家庭变故造成的心理创伤，我写了《债》。面对农村回乡知青的状况，我写了《在希望的田野上》。1981年民师转正时，我和妻子在县预选考试中名列前三名，但都没被转正。当年洛阳师专预选考试中我又名列县第四名，可最终竟没让我参加洛阳师专的正式录取考试，心中不平，就写了《沟》……这些作品都是淤积于内心的情感的宣泄和释放。

1986年后，当乡长、乡党委书记，当县计生委主任、卫生局局长、教育局局长，一来纷沓的政务使人无暇他顾，二来事业心和责任感也不能使自己心有旁骛，这十六年也就冻结了自己的文学情结。

2002 年终于告别政坛，有一种如释重负的轻松和惬意。有好心人想利用我的余热请我挂名办学、办选矿厂，县领导还承诺提高我的级别待遇，让我筹建和管理新的中学……我都不干。拒绝的原因很简单——我的社会责任、家庭责任都尽到了，我再无衣食之忧，再无政务猬集的烦扰，再无迎高送远的重荷，我想在喧嚣的红尘中寻找不看他人眉眼高低、人际关系简单化、属于自己的一方净土，干点自己有兴趣的事情。披张人皮就是一种幸运，能自己支配自己、干自己想干的事更是一种幸运，看点书、写点东西，圆自己的文学梦，当走完人生旅程时少一些缺憾，多一些存在感、成功感，那就是最大的幸运了。

鉴于此，我既不下海经商赚钱，也不再谋取什么位置发挥所谓的余热，而是关闭寂寞之门，干自己有兴趣的事。2002年，我整理了自己的文稿，作为私人档案，以《岁月如歌》为名出了百万字的集子，以求自我满足。去年，我又写了三部中篇、一部短篇；今年在各方朋友的关注和支持下出了中短篇小说集《残缺》。我很高兴，因为在告别政坛后我又找到了生活的刺激点、生活的亮点，找到了生命的兴奋点、生命的支撑点。

我知道，文学的道路并不好走。写篇能让人读下去的小说，要么主题好，要么情节好，要么意境好，要么语言好，可我的文学功底还太差，光有写东西的热情远远不够。尽管如此，我还是选择了这条文学之路，因为淤积在我心底的喜怒哀乐、苦辣酸甜太多太多。今后，我要嫁与文学，只要上帝给我时间，我就会以文学为伴，体验生活，感悟生活，描写生活，也享受生活。即使在文学上不能成功，我也要坚持下去，这是我的爱好，是我早年的梦，也是我无悔的选择。为什么？什么都不为，只为自己的心，自己的良心，自己的良知。

最后，再一次衷心地感谢大家！

2005 年 11 月 30 日下午于县城西关旧宅

一首不屈的歌

——《新梁山伯传奇》序

在一个梅花含笑的日子里，张海民先生把他钟爱的"晚生子"——《新梁山伯传奇》送给了我，让我谈看法。我用了一周的时间倾心阅读，读出了对作者的崇敬，读出了人生的况味和不尽的感慨——

人是应该有点精神的，否则，在生活中将永远是弱者、是失败者。年逾花甲的张海民先生，像一匹志在千里的伏枥老骥，那不甘平庸的不屈精神终使他奋蹄扬首、冲天长啸、余热迸发，以洋洋洒洒三十万言的长篇巨著奉献于社会，令人肃然起敬。

《新梁山伯传奇》几近一部近代史。

小说是展现时代风貌、启迪人生的生活沙盘。张海民先生以活泼、幽默、平直的口语化语言给人们讲述了主人公梁山伯曲折坎坷的一生。语言散发着泥土的芳香和山药蛋味的醇厚和隽永。故事从清朝末年梁山伯的祖辈谈起，一直写到当今，时间跨百年，拓展出一幅近代史般的人生悲欢离合的画面，颇具厚重感和沧桑感。

这也是一张人生的清单。作者淋漓尽致地写了友情、亲情、爱情和人生的沉浮无常及世相百态，使人唏嘘不已。

　　这又是一幅画。这不是一幅春风骀荡中如花美眷的牡丹图，而是"笔底明珠无处卖，闲抛闲掷野藤中"的一架葡萄——藤如焦墨，虬枝坚韧，叶片翠碧蓊郁，葡萄嘟噜成串。那葡萄不管是青的、紫的，都饱满光洁、晶莹圆润、玲珑透亮。张海民先生在人生的长藤上饱蘸生活的激情，绘出了串串丰硕的葡萄，那葡萄或甜如饴，或酸如醋，或涩如沙……都能使人回味无穷。

　　这更是一首不屈的歌。主人公梁山伯出生于一个特殊的家庭，生活在特殊的年代，他的敏感和自卑又使他时时事事维护着自己的自尊，屈辱和倔强扭曲了他的性格，使他多次与恋人失之交臂，终不能以爱的甜蜜酿成婚姻的琼浆。也正是屈辱和倔强使他出走西宁，流落延安，客居新疆、内蒙古，后又南下云南搏击商海十年，最终荣归故里叶落归根。张海民先生通过对主人公梁山伯的刻画，为我们谱写了一首自强不息的歌、一首不屈的歌。

　　雪花如蝶的一天，张海民先生登门要我为其自传性的长篇小说《新梁山伯传奇》作序。因我既非名人又无学识，颇感诚惶诚恐，强辞不恭，只得从命，写些读后感言，是为序。

2006 年 12 月 8 日于县城西关老宅

情海神游（外一篇）

星期天，我把自己关在小屋里。

局机关好静啊，这是神游感情海洋的好机会。

我心中的女神，我的爱人，我再一次向你倾诉：我要和你结伴同行走完人生的旅程，矢志不渝，义无反顾，永不反悔。我找到了人生的另一半，我感到自豪和幸福。即使前进的道路上横满高山、大河，我也要跋涉而过，走到辉煌的目的地。承受一份苦难，就是付出一片爱心，这是精神力量，我愿吃苦，吃许多的苦。

你是一座山，我爱山上的一草一木；你是一条河，我珍惜河中的每一滴水；你是一轮明月，陪伴我度过漫漫长夜；你是一轮太阳，给我火热和光明。

我的爱人，初识的温馨伴随我的生命，未来的向往激励我铿锵前行。

我想和你到八达岭一睹代表智慧和意志的万里长城，因为长城不倒爱不倒，长城永存爱永存；我想和你到开封龙亭，在那里我要看穿五千年；我想和你到曲阜领略孔子的文采；我想和你到日照，听那惊涛拍岸的轰鸣；我想和你一块儿去吃小青岛的石花凉粉；我想和你到黄海宾馆云游巫山；我想和你攀登泰山极顶，在灌木丛中也系一条红绳、压一块石头；我想喝锦绣中华的菊花茶；我想到越秀公园、青山湖公园去荡舟，那里最能引发我的情思，最能诱人放声高歌《在桃花盛开的地方》；我想和你到鼓浪屿洗个海水澡，因为那里的水是温暖的，即使在寒秋十月；我想和你一块儿去登庐山，我可以用气功驱赶那弥漫的云雾；我想和你一块儿坐船从九江到武汉，那八小时的水路最迷人；我想和你到北京空招住一宿，那里最能驱使心猿意马的奔腾；我想和你一块儿到北戴河，那里的沙滩，那里的海水，那里的螃蟹，那里的海味刀削面，都深融我的心底；我想和你上峨眉山，那里有绵绵的细雨和古刹的木鱼声；我想和你一块儿到重庆，去缅怀白公馆、渣滓洞英烈的忠魂；我想和你坐江轮沿长江而下，像李白一样豪放，在扬子江上留下一串串歌声，留下一串串情，留下一帧帧倩影；我想和你到上海的外滩，在温馨的夜晚默默相守；我想和你到西子湖畔，去摄下荷田夕阳；我还想和你一块儿登上黄山，看看飞来石，看看光明顶，看看黑虎松；我还想和你一块儿到南京捡几粒雨花石，去寻觅你一路埋怨的小吃街……

我想啊，我又什么都不想，我只想朝夕与你相伴，耳鬓厮磨，相守相随，或什么地方也不去，我不出门，你也不能出门。当我离家的时候，你整整我的衣服，点了头我再上路；当你上班的时候，我打电话问你可按时回家，是否让我去接你。我的爱人，当我出差回家，我会看到你倚门而盼的身影，我会驱赶家人，把你拉进卧室，用无言的疯狂去宣泄那久违的激动和战栗。

我可怜的爱人，你承受不了生活那多方面的重荷，每每想到歧路，你是那么脆弱的人吗？你为自己、为自己该为的人牺牲不是一种最大的欣慰吗？为那既定的辉煌的人生目标而奋斗，能有平淡、能有安逸吗？你是我生命的支柱，是我欢乐的源泉，是我寿命延续的激素，我一刻都不能没有你，你可有此同感?! 请挺起你的胸膛，抬起你的头颅去迎接人生的风风雨雨吧！你可知道，你背后有一个人时时跟随着你，注视着你，推动着你，呵护着你。

爱人，让我们共同来表达自己的心声——

我愿与你结伴同行，走完人生的旅程，义无反顾，无怨无悔！

情天呓语

记不清是什么时候了，是擦肩而过的回眸，还是你舞蹈时彩蝶般的翩飞？从那一刻起，我的心从此抛锚于你的港湾，再也无法回归。

你是我天空中一朵晶莹剔透的白云，我思念的风追逐着你，期冀云朵能化为温柔的丝雨，淋湿我因牵挂而龟裂的心。

没有爱的女人，即使如花似玉，生命也会风干；没有爱的男人，即使强悍如虎或玉树临风般优雅斯文，也徒有其表，心如死灰。

老天不负苦心人，2001 年 5 月的一个午后，我的天空终于响起了惊雷，一头雄狮咬碎了你再使你重组，从此再也分不清彼此，彼中有此，此中有彼。

尔后，我再也无法安宁，闭上眼睛能看见你的妖冶，捂上耳朵仍能听到你的娇笑和呻吟，白天挥之不去，夜里又入梦寐。

你是上帝派来的天使啊，口吐兰芳，气如宁馨；你像丹顶鹤那样孤傲，又犹若火狐般妖娆和妩媚。

你是一溪蓄溢着青春活力的水，我想成为溪中一尾激情澎湃的鱼；你是只美艳的孔雀，我愿永远做你栖息的丛林。

说你是朵花有点俗气，你比牡丹华贵艳丽，比玫瑰娇俏红艳，水仙没你清雅，芙蓉没你洁净，你是伊甸园里的一朵奇葩啊，绽放在我的白天黑夜、秋冬春夏。

你不是花，分明是一只狐狸精，偷吃了我的心和肝，把我变成了一个空洞的躯壳，使我的灵魂永远游弋于你的码头，怎么都无法回归复位。

你是一个十恶不赦的巫婆，把我变成了流氓和淫棍，燃烧的激情啊，使人轮番攻占挺耸的高山，扫荡丰腴的平原，探索茂密的丛林，撬开福地洞天的玫瑰门。

你是位摄魂夺魄的女妖啊，时时令人思绪缥缈，令人陷入迷幻——

我牵着你到西藏的布达拉宫诵经祈福，携你上黄山、攀嵩岳、游昆仑、登峨眉，陪你到东北吃苹果、到新疆品葡萄，揽你游漓江、逛三峡，还飞到三亚泡海水……

不，哪里都不能去，我要把你锁进爱的城堡做辉煌的囚禁——

给你戴上思念的枷锁，铐上牵挂的镣铐，一生一世都不让你获得自由，使你受尽爱的煎熬，让爱的烈焰把你烧成灰！

唉，我不能太自私、太贪婪，我宁愿不要今生五百年，也不要来生来世，我只与你心傍心、魂牵魂，零距离走完人生百载。

如是，我就可以骄傲地仰天长啸——

我幸福！我满足！我快乐！我自豪！我不枉为人！

朝圣文学

——中篇小说集《不仅仅为爱》后记

2002 年 3 月退居二线，告别魅力无穷而又水深火热的政坛，屈指已八年。

八年里，我只做着一件事——朝圣文学。

八年里，我又寻找到了自己的生活领地，并在自己的生活领地里真诚地生活着——我要用我的笔挑战性地书写生活的真相。

这是我生活的刺激点，生活的亮点，也是生命的兴奋点和支撑点。

退居二线初，有人想利用我的余威，发挥我的余热；有人想让我赚钱，充裕腰包，提升抵御生活风险的能力；有人担心我会失落、寂寞致郁，有损身心健康，找上门邀我重返"江湖"。县里某领导私下征询说，欲让我负责筹建新的中学进而管理之，必要时还可提升我的级别待遇；几拨人找我说，现成的场地要办学，无须我投资，无须我出力，只叫我挂个名即可；有好友办选矿场要我入股，并承诺赚了分红，赔了把他的另一套房子给我，并立据为凭……好心人的好心令我温暖和感动，但我统统拒绝了他们：不干！

拒绝的原因很简单——再也不想参与任何社会活动，想自由自在地活一回。

我固执地认为，组织让你退居二线就意味着你政治责任和社会责任的淡化和终结，何必再登台呢？一个心智健全而又才情纵横之人没有享受和驾驭过权力也许是人生的缺憾，但享受和驾驭过权力却在告别权力场后仍沉湎于权力的梦魇之中而不醒，无疑就是灵魂残缺的表现了。理智告诉我：无须贪恋权力，当年政坛已风流！

我没钱，我需要钱，紧张得甚至因孩子结婚的资金拮据而羞于张扬；紧张得不得不取消偶与挚友们聚会玩乐的机会，因为我赢得起而输不起了。但我仍不去赚钱，八年里我没去赚过一分钱，因为我心里有一条踏实的底线：无须赚钱，夫妻薪水可糊口！

我没有在卸下肩上的政治担子后而无可奈何地把一切兴趣都放在呵护健康上，闻鸡起舞发疯般地晨练，与夜为伴贪婪地享用无价的空气和公共资源。其实，一个人生有地儿死有处儿，动固然养身，静亦可养心呀，苛求长寿百年的未必都能如愿。独蜇斗室、清心寡欲、顺其自然、远离喧嚣、恬淡自由，未必不是养生之道；松风摩剑气、竹月读书声也未必不是一种生活境界。我坚信：不必出户，清风明月自然来！

更没有必要虚掷大好时光，沉耽于牌场混朋友，或刻意地呼朋唤友、猜拳行令，用所谓的朋友是风、朋友是雨、有了朋友呼风唤雨来抗拒内心的孤独，用特意营造的虚假热闹来抵御心里泛起的被抛弃感。其实，不必会友，笔下人物皆同心！

总之，我的社会责任尽到了；孩子们都已成家立业，家庭责任也尽到了。现在，我一无衣食之忧，二无政务猬集的重荷，更无迎高送远的烦扰，我想在喧嚣的红尘中寻找不看他人眉眼高低、人际关系简单化、属于自己的一方净土，干点自己有兴趣的事情。

披张人皮是一种幸运；能够自己支配自己、干自己想干的事更是一种幸运；朝圣文学，圆自己的文学梦，多一点心灵的皈依感，少一点浮躁和缺憾，是人生最大的幸运啦！

但朝圣文学是一种孤独、艰苦的个体劳动，是青灯黄卷式的辛勤而寂寞的劳动。八年来我一直坚持着，因为我不但知道它的艰辛，更知道它的意义——文学是书写心灵的华笺，是书写人类灵魂的记录，是对青春的追忆，是对生命的挽留。一个人寿高百年，在历史的长河中也只是一瞬；一个人即使富甲天下，走的时候也不过是一缕轻烟或一抔黄土。只有文学才是永恒的！

文化和文学是人类生存和发展的天理大道。作为人，真正能活出人味的生活，是有文化含量的生活。更何况自从有了仓颉，人类就找到了长生的法宝——文字。文学就是不死的精灵！

当人们一味吹捧和沉湎于市场这个赚钱的欲壑，在铜臭的熏陶下而造就一大批健壮的文盲和骗子、强壮的酒鬼和嫖客，使人性变得贪婪和疯狂、阴晦而又乏味的时候，创造美好的人生和塑造积极的自我形象应该靠文化和文学了吧？

以上如果说是理智思考的话，从感情上说我也离不开写作。人啊，有太多的欲求和希冀，有太多的满足和缺失，也有太多的困惑和怅惘……这些淤积心底的情感需要释放和交流，写作就是自己倾听自己内心呐喊的过程。这个过程带给我一种莫可替代的精神享受，意味辽远，浓郁深长啊！

因此，八年来我既不留恋权力去发挥余热，也不热衷金钱去充裕腰包，更不早蹦晚跳满街窜去寻找健康，不沉耽于牌场、酒场去混个朋友遍天下，我身居斗室甘于寂寞、清静自处、悠然自得，过着从没有过的精神自主的生活，孜孜以求地办着一件事——朝圣文学。在热衷发挥余热者眼里、在顶礼膜拜赵公元帅者眼里、在千方百计呵护健康者眼里，也许我算是傻痴呆憨、离群索居的异类，但既然万人有万种活法，我的选择我乐意！

2002 年 3 月到 2003 年 5 月，经过苦心孤诣的工作，我以《岁月如歌》为名把自己几十年来所写的东西剔选整理成集。意在把百十万字的私人档案留给我的家人，赠给我的朋友，送给我爱的人和爱我的人以及那些关注我、关心我、对我有兴趣的人，让他们爱、让他们恨、让他们骂、让他们哭、让他们笑……

2004 年我写了《残缺》《春归何处》《俯首》三部中篇小说和一部短篇小说《乡村絮语》。2005 年，我把新写的和过去写的十七篇中短篇小说以《残缺》为名由光明日报出版社结集出版发行，并在洛阳市文学艺术研究会的策划主持下召开了我的作品研讨会，在朝圣文学的道路上又迈出了一步。

五年后的今天，我要出版中篇小说集《不仅仅为爱》了。这六部中篇都是凝淤心中多年不得不写的，旨在以文学的视角去透视现实，去省悟人生，去叩问人性，去品味感情——

《不仅仅为爱》写了两名后备干部为争副县长而展开的龌龊斗争,令人不齿! 权力与情爱、主动与被动、利用与被利用,生活和权力场的诡谲和残酷令人无可逃遁,并为此怅然慨然而愤然。

《风从哪里来》写了人们谄媚权力时的心态和捕风捉影的杀伤力。当你误入权力旋涡的时候,你的生活和命运注定会改变原有的轨迹,蒙上悲剧的色彩。

《担山》我在心里酝酿了五年,就是要叩问一个问题:面对政治那沉重的恩怨情仇和历史那沧桑黏稠的附着力,我的苍生父老该怎么办? 政界的变迁给庶民百姓烙下的政治伤痛,是一纸"决定"或"决议"能够了结的吗? 在新的生活面前,曾打有旧烙印的各色人等都生活得好吗?

《家有俊男》写了几个"80后"的价值观和生存状况。并提出几个问题与读者探讨:爱情在金钱、仕途、自由面前处于何等位置? 当今为什么拜金主义者这么多?

《怀念结婚的日子》写的是1968年那个特殊的年代。每个年代都有其特色,当年物质的匮乏不会让人怀念,但人们心灵的纯净和社会风气的清明及淳朴却永远值得怀念和铭记。

《蒹葭苍苍》则通过对一段婚姻之外的忘年之恋的描写,反映出人性对俗常戒律的反叛以及亚当、夏娃的多面性——爱情的归宿未必是婚姻,婚姻之外未必是真爱,严律强规未必比人性更强大,人的复杂性也决定了情感俪规越矩的多重性。

我的这六部中篇小说,自感写得有点沉郁和悲戚,但又没有办法。文学应该体现一个写作者的良心和理性。

写作期间,我还参加了几次文学活动。

2009 年 5 月和 10 月，到北京参加了"第二届'新视野'杯全国文学征文大奖赛"的颁奖典礼和笔会，以及 2009 年的中国散文年会和"2009 年百篇散文奖"的颁奖活动。我的《风从哪里来》获得中篇小说二等奖，并收入《第二届"新视野"杯全国文学征文大奖赛获奖作品选》。我的一篇散文《妻子的眼睛》获得 2009 年百篇散文奖，发表于《长篇小说》《安徽文学》。今年，我的《家有俊男》也获得《小说选刊》首届全国小说笔会中篇小说三等奖并收入获奖作品集。这些活动，原中国作协书记处书记张胜友、中国作家网主编胡殷红、中国散文学会会长林非、原《当代》副主编汪兆骞、《小说选刊》总编杜卫东、《中国作家》杂志社主任方文、中国散文学会副会长王宗仁、著名评论家雷达、《上海文学》编辑部主任徐大隆、《美文》副社长陈长吟、《长篇小说》《安徽文学》主编蒋建伟以及《散文选刊》《福建文学》等许多主要领导、主编和不少蜚声中外的作家、诗人都参与其中，不但给我们颁奖，还为我们进行了文学指导和精彩的演讲，令我受益匪浅。

年逾耳顺之年，生活的积累、感情的积累应该说有了，自己支配自己的权力和时间也有了，正是写些东西的好时候。我三十六岁以前是个农民，那一段生活是刻骨铭心的。我心里常涌动着一种激情：应该写部长篇，写写乡亲，写写乡情，给父老乡亲一个交代，给社会底层的百姓一点关注。也应该写部自传性的长篇散文，写写母亲及家人，以挽留渐去渐远的母爱家趣、童稚欢悦、离情别恨和乡俗民意……我坚信上帝是会给我时间的，因为上帝应该青睐和庇佑那些对庶民众生有着悲悯情怀的人。

44

朝圣文学的孤诣和执着，并不代表我的文学水平。我只是一个有着文学情结的文学爱好者、自由写作人，把朝圣文学当成我的生活也只是近几年的事。没有接受过正规训练的我，笔下的东西从选材到立意、到表达都不会恰到好处，更不会毫无纰漏，甚至好的题材也会让我糟蹋掉。另外，我的小说意在体现现实立场，提供情感地带，关注人生变迁，呼唤风清政明。

感谢朱宏卿先生为本书写序！朱宏卿先生不但是资深的作家，还是市民进洛阳市委负责人，历任三届市政协常委、市文学艺术研究会副会长，能在百忙之中欣然为本书写序，令我感动不已！

感谢李少咏教授！李教授是著名的文学评论家，给不少大家、名人写过评论文章。对他来说，给我写个书评那本是信手拈来的事，可他竟用半年的时间反复阅读和揣摩我的文章，并数易其稿才拿出见地独到、振聋发聩的评论，可见他追求完美的倔强和对自己要求的苛刻。文中那鱼肠剑般的锋锐、高山滚石般的凌厉、目空苍穹的大气、劈石见玉的独到，不单诠释着一个真正的评论家的社会道义和鞭辟入里的犀利目光，还闪烁着他过人的才情，令我受宠若惊而又感佩不已的同时，给我朝圣文学的动力。

感谢乔仁卯先生两次为我出书担当编辑，并为此付出极大的热忱和心血！

感谢沈阳军区白山出版社的杨红军对本书的出版给予的大力支持和帮助！

感谢所有关注、关心和为本书的出版、发行出力费心的朋友们！

感谢通过我笔下的人物和我共同感悟人生、感悟社会的各位读者！

2010 年 3 月 17 日草于洛宁

2010 年 12 月 25 日改于洛阳

2011 年 6 月 21 日重改于洛宁

亲昵神灵寨

2012 年 8 月的最后一天，洛宁县文联、县作协在神灵寨国家级地质森林公园召开笔会。原本我没打算去的——神灵寨是我的故乡，我当农民那几十年里，没少在神灵寨挖韭菜、将韭花、采山果、拾柴火、烧炭、砍椽、背檩条……建成景区后又去过多次，太熟悉了，熟悉得像自己的身体。最终又决定去，因为我不愿放弃亲昵她的机会。

从行政区划看，神灵寨原在蒿坪村的辖区内。蒿坪村鼎盛时期也就百十多口人，除下蒿坪少有的几个群居户外，其余的都是独居户，零零星星地散落在神灵寨周遭的上蒿坪、碾子沟、料窑、戴窑、蒲沟、铁坡跟等大山的皱褶里。从下蒿坪向北走六七里出山口，就到了与其毗邻的我住的上陶峪村了。1958 年"大跃进"到人民公社那会儿，蒿坪一度划归我们上陶峪，两个大队合二为一了。而后，蒿坪几个宁当鸡头不当凤尾的能人心疼广博丰茂的山林资源被他人瓜分，经毫不懈怠地奔走呼号，蒿坪又从合二为一中一分为二独立了出去。但前几年蒿坪村又一次合并给了我们上陶峪村，这次合得彻底，也合得无奈。

神灵寨还没有开发为景区、处在深闺人不知的时候，是连一辆自行车都推不进去的封闭山区。连接外界的路像一条扔在山间的绳子，起起伏伏，曲曲折折。神灵寨下那群青山绿水中的画中人，用一条桑木扁担把蜂糖、核桃等山珍山果挑到山外，再把换来的油盐酱醋、针头线脑等日用品挑上山来。他们担挑、肩扛来回两头沉，遇河涉水，遇山攀缘，似乎苦了点，但他们走得轻捷、走得踏实，他们走出了别样的心路。和山下那严肃紧张的大集体生活相比，他们相对自在和殷实，那是一段桃花源式的时光啊！市场经济驾驭着西风扫荡和洗涤着每一个中国人，当然也包括神灵寨下那些原本勤劳、能干、淳朴、恬适的山里人。这是个任意挥霍的年代，神灵寨下的山里人也要与时俱进走出山门，去挥霍自己的青春和生命。首先走出山门一去不返的是年轻的女人们，她们要把一个女人第二次选择的目标瞄准在川区和城市，山里的核桃再香、蜂糖再甜也拴不住她们的心了。当然，山中那自然恬静的生活更吸引不了山下的女人，说不来媳妇的光棍们再也憋不住了，有的投亲靠友把户口迁往外地，有的花巨款在山外私买宅基地移民他乡，也有的被招赘异姓当倒插门女婿……老人们相继作古，人口的锐减令神灵寨下的蒿坪村连个像样的领头人都选不出来了，蒿坪再以一个独立的行政村存在已显牵强，前两年又一次并入了我们上陶峪村，神灵寨也就实至名归地成了我的家乡。

神灵寨是一座母亲山

她的子民们靠山吃山。

神灵寨像一位丰腴的母亲，用自己丰沛的乳汁、用自己宽厚的胸怀滋养和温暖着我和我的父老乡亲们。

阳春三月，神灵寨浅坡的藤花开了，那一嘟噜一嘟噜的花朵像一串串的紫色水晶在春风中恣意摇曳，肆无忌惮地张扬着自己的妖冶和艳丽，嚣张得夺人眼球。这种藤其实可以作为观赏藤的——我在城市公园的曲径甬道见过，也在富人的别墅露台前见过，它们妩媚婀娜、枝虬叶茂、花艳香浓、情韵十足。神灵寨的藤则更具野性、别具神韵，肥沃的山土腐殖质给了它茁壮，粗粝的山风给了它坚韧，独特的天光地气给了它蓬勃向上的坚挺和力劲。不知道它们在神灵寨生活了多少年了，有的粗如臂，有的粗如钵，更有的粗如檩；它们或依壁攀缘，或围石扩展，或沿树争高，都如火如荼，各具灵气仙态。

每年春上，我都要上山捋几次藤花。或陪着母亲，或偕着同伴，背着竹编的挎篓，带着玉米面火烧馍，跋涉到神灵寨脚下捋藤花。从山上背回一篓藤花，就等于背回了一篓欢乐，背回了一篓芳香。藤花的形态颇像洋槐花，但洋槐花是粉白色的，窄瘦且素淡得有点土；藤花则肥硕，且颜色深紫，透出艳丽和华贵。洋槐花也没有藤花好吃。新鲜藤花拌了面、拌上各种佐料蒸了吃，那个味儿，那个香，一个字——足！我搬到县城来住已经二十多年，但我一直好这一口，爱吃蒸藤花。家乡的不少人都知道我这个爱好，每每春上，就有人专门上山捋了藤花给我送过来，以表亲情旧谊。我吃着乡亲送来的蒸藤花，心中涨满激情——不由想起神灵寨，想起神灵寨下的父老乡亲，想起父老乡亲的义重情深！

神灵寨的春韭也颇具特色。神灵寨的山雾林岚把棵棵山韭滋养得嫩绿肥壮，叶宽如指，身长盈尺，煞是喜人。别于家韭，它不光是纯天然无污染，更重要的是香辣鲜嫩、味重味长。用神灵寨的春韭包饺子、摊合子，哎哟，能把人馋死！这种野生的山韭菜大抵长在石板的积土层上，为了防滑，我常常脱掉鞋袜赤脚爬上石板去拽韭菜。山韭和野生的窄叶兰往往伴生，我拽一把韭菜就捡理齐整，用柔韧的窄叶兰捆扎成束，这样既好看又便于打理。在家那会儿，几乎每年我都要上山拽几次韭菜的，大抵只为缓解粮荒以解饥馑，当然亦兼尝鲜解馋啦。我记得我像里邻同伴们一样专意去拔韭菜、卖韭菜的只有一次，我把头天拽的一挎篓山韭背到县城，在街边几乎蹲了一整天，统共只卖了不到两块钱。从那时起我就知道，我这辈子是当不了商人挣不了钱的，我不具备商人的心智，更没有当商人的脸皮。

神灵寨的山杏很多。春日花开，漫山堆云积雪，白居易那"村杏野桃繁似雪，行人不醉为谁开"岂非由此而写？野生的山杏因为没有经过人工嫁接，杏的个头小，小得像喜虫（麻雀）蛋儿，因此，我们称这种杏为喜虫蛋儿杏。只要每年山杏开花之时不遇桃花雪、不遇倒春寒，待到初夏，那山杏都会稠得压折树枝。别看喜虫蛋儿杏个儿小，因其肉薄核却很大，适宜榨油。因此，山里人打杏不是为了吃杏，主要为的是榨杏油。当麦子上了场，山杏（我们也叫麦熟杏）也就熟了。这当儿，生产队总要把农活、劳力调开，放一天假让社员们上山去打杏。当时人们的餐桌上还没有地沟油，食用油还是紧缺物品，社员们一大早就怀揣干粮带着钩镰直奔神灵寨。人们无须上树，那一嘟噜一嘟噜的山杏早已把树枝压弯垂在了地上，面对满树黄玛瑙般水灵丰盈的山杏，谁都会馋涎欲滴地一饱口福的。"桃吃饱，杏伤人，梅子树下坐僵人"，山里人都懂得这谚语的含意，再馋，他们也会节制自己适可而止，山杏再酸甜味美，吃多了也会伤牙伤胃的。夕阳西下时，人们会满布袋大挎篓地满载而归。到家后先把杏捂脓，再到河潭淘净杏泥，而后一家老小再砸核取仁儿。看着上了一天山驮回大挎篓满布袋的山杏，其实最终取出的杏仁没多少，搁不住拿到油坊去榨的。各家瞅个日头毒的大晴天，正当午时（这样容易出油）把杏仁倒在碾子上碾，再把碾出的杏油用稀布一点儿一点儿蘸了拧进油罐儿里……刚榨的生杏油是苦的且有毒，须下锅烹熟后才能食用。劳力多身体强实的人家一次能弄两到三斤杏油。我们家缺少强实人，干活也没有别人强，忙活来忙活去能碾个一斤来杏油就很满足很欣慰了——因为下半年一家人有油吃了！

记得最清楚的两次是我和母亲到蒲沟、碾子沟打杏。蒲沟位于神灵寨东北，是处很神奇的地方。到蒲沟须爬数十丈的黄石板坡，路呈"之"字形，说是路，要么是一个脚窝，要么是夹脚石缝，人几乎贴着石板爬行，险得很。真的是山高水高，登上黄石板进入视野的却是一片丰饶的湿地：片片竹林啸风，芦苇蒲荻伏荡，竹鸡、画眉、喜鹊、斑鸠各种山鸟林头欢唱竞鸣，说不出名的鹨类水鸟在水边啄毛嬉戏……此情此景，恍若置身江南，误入画中。而两厢山坡满目苍绿，茂密的树林中就混杂着一株株的山杏树。

打杏没用多长时间，归途却备受磨难。下黄石板坡时，因坡太陡，不敢负重直立下行，我们只得把装满山杏的挎篓、布

51

袋放在地上拖着,人蹲着一步一步往下挪。记得当时我已经是个半大小伙了,手脚还没有母亲麻利,每到险处,母亲还要手挽手地帮我。

再次打杏,我们母子俩到碾子沟了。碾子沟位于神灵寨西北,路相对好走些。我们母子背着山杏出了碾子沟,就到河边的竹林里休息。竹林不是很大,虽没有"竹林葱郁千山峰,绿海苍茫万顷涛"的气势,却很清雅幽爽。母子俩坐在石头上喘喘气,洗洗脸,歇歇脚,落落汗,啃块干粮,手掬河水喝个够,再踏上归途。

这片竹林已成为神灵寨国家地质森林公园的一个景点,也是上山的必经之路。我每每游览神灵寨时,总会在这片竹林里久久地徘徊、逗留。当年母亲歇息的那个碾盘还在,母亲在河边坐过的那块石头也还在,但岁月无情,物是人非,母亲已去,吾亦花甲,追昔抚今,心灌五味。我会坐在母亲歇过的碾盘上或母亲坐过的石头上,仔细地体味当年母亲的心境,而后仰望神灵寨那峭峰峻岭,在心中默默地念祷:青山不老,母爱长存!

神灵寨这座养育山民的母亲山,她怀藏百宝。不光是捋藤花、拽韭菜、打山杏上神灵寨,砍柴、刨药、拾橡子、打猪草也要上神灵寨,烧薪炭、盖房备料更要上神灵寨。

当年有生产队时,种罢麦,队里就会安排劳力上神灵寨烧一冬的炭,作为生产队的副业。神灵寨的檞子木炭非常有名,不但结实耐烧,连敲起来也声如钟磬又灵又脆,简直可以当梆子敲。烧炭是大苦大累的受罪活,我不会烧炭,但我到神灵寨担过炭,也卖过炭。我从炭窑上买了炭磕磕绊绊、拧拧磨磨担回家，那是两头不见日头的。第二天再跑三十来里路担到县城去卖，罪是够人受的，寒冬腊月汗水竟把棉袄都溻透了，两天辛苦下来，充其量可赚五块钱。其实，卖炭也是可以作假的：把木炭竖在水里就能自然吸水增加分量，木炭若竖在开水里，不但吸水快、吸水多，木炭表面的白釂也完好无损，看不出做过假的。但当时没人作假，那会儿的人，不敢昧良心，也不愿昧良心。

　　20世纪90年代前，临近春节，神灵寨会分外热闹，一沟两厢全是砍柴的人。春节要蒸馍煮肉、迎客送往，各家是都要备几担好柴火的。一进腊月，通往神灵寨的山路上砍柴人能挤成疙瘩拧成绳，高潮时，担着柴火连个歇场都找不着了。上山砍柴，人们只认檞子木，这种木料坚硬如铁，是能用来做车轴的，当柴烧，火焰不散不漫且耐实持久。在神灵寨山脚砍柴的，砍的是檞子木梢儿；若要拾最好的柴火——檞子木桦儿（劈柴），就必须要爬到神灵寨的半山腰了。我体力不济，每每在山脚下砍些檞子木梢儿了事。为了减轻重量，先把砍下的树梢儿归拢一块儿用火点着，这样一来，树叶烧掉了，柴火也烘烤得半干，这种柴火我们叫"火燎梢儿"。我体力不足，担柴超不过百十斤，就这，一路仍大汗淋漓口渴难耐，得不时搁了担子趴在河边，砸开冰凌喝冷水。当年也有专意砍柴卖柴的，担几十里到县城，三十斤柴火能卖一块钱，柴火还必须是干的，一担柴火也就卖三块来钱。

　　神灵寨的木材质地很好。青冈木、杉木纹理细密，坚硬如铁，沉，盖房做檩、打家具做樘是上好木料；椴木、望春花木质软身轻，宁折不弯，亦是建房好料，其纹理细腻雪白，打成的家具如凝脂般润泽，煞惹人爱；香椿树红若朱砂，黄栌木灿如黄金，且质硬耐沤，盖房做苦板、联檐，舍它其谁？

1974年、1983年我先后盖了两次房，木料都取自于神灵寨。春上给生产队请了假，我寻戴朝、杨自安两个表哥到神灵寨东边的戴窑、梯坡，带上干粮在山上住了三天，先把房椽、挑檐、脚柱、乾杆儿、棚木等小物件砍齐，下山后再拿了纸烟挨门挨户去求人上山替我背木料。待到冬天下了雪，生产队闲了，我第二次求两个表哥到神灵寨东边的"七棵树"砍木料。这次备的是房子的檩条、顺椹、楹柱等大件房料，砍的是大树，费时费力，三个人在雪地里整整待了五天。我的两个表哥都是会要锛有眼窍的人，为我盖房几次上山餐风卧雪、出力受罪，让我感恩一生，可叹他俩壮年夭逝，令人怆痛不已。

檩条分中檩、腰檩。当时房子的开间是三米三，檩条都是一丈零五长。但檩有大小，中檩承载重，必须在六寸头（就是檩的横截面直径六寸）以上，细了容易驼；腰檩可相对细点，四寸头、五寸头即可。五寸头以上的湿檩条都在一百五十斤以上，须两个人才能抬下山；细点的也在百十斤左右，一个人扛着跋涉几十里的山路也够呛，不是强实人干不了。当时，一家盖房全村帮忙，人们看重人情，连上山背檩条这样的重活、险活也是无偿的、自愿的，同住一村相互帮忙天经地义、顺情顺理，没人会想到钱，当时假如有人提钱，还不把人羞死、笑死。如今，当年农村的淳朴民风早被市场经济的狂飙一扫净尽，在金钱面前人情早已显得苍白而可笑，当下谁家盖房再没人无偿帮忙了，讨价还价后才去出力。

为了生计，也有专门砍檩条卖钱的。生产队那会儿，春上缺粮。现在想来地不长粮食绝不是体制问题，是当时科技欠发达，没优良品种，更没化肥，才导致一到春荒二三月，有些农户出现粮荒，这些户的劳力就会到神灵寨砍檩条卖钱换粮。两人抬一根六寸头的檩条到县城木材市上能卖二十到二十五块钱，三寸到四寸头的也就卖六至十块，卖的钱立马籴了玉米回家拉糁儿下锅。

正是神灵寨这位慈爱丰腴的母亲，用自己丰盈甜美的乳汁无私地滋养了我的乡亲父老，使他们得以在母亲的怀抱里繁衍生息、绵延不绝。

神灵寨啊，我的母亲山！

神灵寨也是座神奇的山

神灵寨是易守难攻的战略要塞，山下就是一条横穿熊耳山的古驿道，从熊耳山的北麓到其南麓，这是条便捷的必经之路。

据考，这是条官道。神灵寨西边的碾子沟就是当年加工粮秣的基地。那里遗存的诸多石磨、石碾，散落的磨盘磨扇、碾盘碾磙儿，都昭示着当年的忙碌，诉说着自己的辛劳。

神灵寨西脚下的料窖，也正是当年官方储存粮草囤积物资的地方。

古驿道早已沉寂于历史的烟尘，失去了当初的意义。但当我们漫步神灵寨的大峡谷溯水而上的时候，你会恍然大悟：啊，岁月有痕！

那姊妹潭的石板上凿出的石窝就是当年驿夫用来栽石柱、

搭撩杆、架栈道的；那飞瀑激流中排列齐整的巨石，就是当年驮队跨河越涧的列石；那一线天前陡立石壁上依稀的石梯，正是当年先人们用铁锤钢錾所创造的杰作；那挂钩崖石道上的蹄痕、脚印，也是当年马队驮夫脚力穿石的历史见证……神灵寨那磅礴而不失灵秀、奇幻而又怪拙的大峡谷，石瀑下的竹吟林啸，不就是当年马帮驮队跋山涉水的回响吗？五女峰前潺潺的泉唱、思乡石畔萧萧的风鸣，不就是当年异乡旅人忧郁怅惘的心歌、他乡役夫痛伤悲怆的呼号吗？

此时，我们再仰望挺健耸奇的神灵寨，"好一座雄关要隘"的慨叹会在心底轰然响起。神灵寨是古驿道的必经之所，正是凭占一山而扼天下、据一隘而挡万兵的战略要塞，而成为历代兵家必争之地。据传，明末红娘子带着义军战至永宁的时候，义军正是据守神灵寨与官军激战了七天七夜，最终以少胜多的。官军每每冲锋，都被山上滚下的石块檑木砸得溃不成军。几天后，官军变换策略围而不攻，封锁所有山路断其粮道、水道，意欲困死义军。第七天，山上忽然滚下一头猪来，开膛破肚一看，猪吃的尽是白花花的大米。官军沮丧不已，认为义军粮秣充足，再围已无意义。此消息一经传开，军纪松弛，斗志懈怠。官军正游离徘徊之际，神灵寨上的义军像山洪滚石一样冲下山来，官军大败。事后官军方知，义军已经粮秣殆尽，无奈之下，红娘子把仅有的大米喂了捕获的一头野猪，以此来迷惑官军。

有关神灵寨的传说颇多，其真伪已无可考证，历史的风尘湮灭了太多的人世秘密。但，当你用心去亲昵神灵寨的时候，保不准会邂逅历史的痕迹。我几次夜宿神灵寨，在农家饭馆喝了玉米糁红薯粥，吃饱了山韭菜合子饼，溜达在夜色朦胧的山道上，抬眼远眺神灵寨那雄浑奇幻的剪影，夜岚飘忽中，我会看到漫山遍野挺戟舞剑的士兵；山风激荡，送来阵阵林涛啸唱，我又会陡然听见金戈铁马战阵中厮杀的呐喊声和刀枪剑戟的撞击声；月光如水的夜晚，清风徐来，我用心聆听那竹梢的细吟、那草尖的絮语，心中惑然：这是古驿道上的驿夫旅人梦中的呓语呢，还是携手驿道的情侣夜阑更深之时枕畔那悱恻的呢喃？

神灵寨别于其他风景区的，就是有历史的深邃、有厚重的文化底蕴，这就令优美的景色平添了神奇。神灵寨是座神奇的山，她也因神奇更诱人！

神灵寨更是座魅力的山

真正使我领略神灵寨的美并给我心灵震撼的，是从 1971 年 5 月 23 日开始的。之前，神灵寨虽是我的家乡，是我的母亲山，我还多次从她那里攫取我之所需，但对她是熟视无睹的。只缘身在此山中，又无缘睹其全貌，以偏概全，不知其美。

1971 年，我在本村当民师。5 月 23 日正是星期天，我和杨点生、杨玉生、段文庭三个同事预先商定趁周末上山砍檩条。砍檩条并非易事，一是必须要有强健的体魄。砍檩条只有进深山跑远路才能寻来理想的木料，因此起早贪黑两头不见太阳，一天往返足有五十里的山路。肩扛百十斤重的檩条，翻山越岭爬高逾低，涉水攀崖磕磕绊绊，没有壮实的体魄你绝对会被压趴在半路回不了家的。二是必须会耍锛。耍锛是砍杆儿、当木匠的基本功，山上的树木大都是远看直、近看弯，要寻一棵挺拔直溜的并不容易，要砍一根三寸头的檩条，就必须砍倒一棵六寸头或更粗的树，用锛把多余的部分旋掉才能砍出一根有模有样、笔直顺溜的檩条，也就是说，砍根理想的檩条全凭锛上的功夫。

当年我虽二十四岁，真正进深山砍檩条还是头一回。我是做了充分准备的，专意寻行家给我买了锛头，做了锛母、锛柄，斧头也磨得锋利。但我不会耍锛。耍锛如耍虎，弄不好就会砍在自己的脚面上或小腿上。无奈之下，我只得捡一棵细点的小树砍倒，截了一丈零五长，褪光树皮了事。我砍成的木杆儿（算不得檩条了）只有一掐粗，但扛在肩上已经够沉了，走一步三晃的撩杆、爬一级三喘的石梯、钻侧身弓腰的狭石洞、蹦惊魂夺命的刀剑崖……负重使我汗流似水、肩疼如割，路艰险令人筋疲力尽、胆战心惊。半下午总算赶到了料窑歇脚，在一个姓牛的熟人家吃了开水泡馍，不敢耽误时光，当即启程。家里人也牵挂不已接到了山口，就这，回到家已星光满天了。

事后，行家告诉我，我背回的木杆儿叫芊荆榆，又名"出山烂"，这种木料是不能做檩条的，经风一吹就裂口。真的，没多长时间，木杆儿不但两头炸裂，还驼成了弓。其他三位同事都比我强，砍回的檩条有模有样。

一天进深山，十天浑身疼，但我依然认为收获颇大。作为山里娃，我受到了该受的锻炼，尝到了上山砍檩的滋味。另外，这次进山横穿了整个神灵寨，是到其南麓的寨沟砍的杆儿，领略了神灵寨整体风光。石怪、水秀、山奇、林密、花妍、路险……让人恍入仙境，顿生禅意，留恋天赐美景，不忍举步。我在当天的日记上写了《过神灵寨》：

> 1971 年 5 月 23 日偕三友到寨沟砍檩条，用于盖房。路过神灵寨，景色优美，观之不尽。路途艰险，苦不堪言。归来有感，赋诗以记之——

> 上山踏月光，归来伴星星。
> 脚登崖上木，身在白云中。
> 仰头天如隙，俯首渊疑镜。
> 足滑千年苔，身依万年松。
> 花若西子笑，鸟语似磬鸣。
> 怪石状鸟兽，仙藤拦曲径。
> 果香风气暖，心悦身亦轻。
> 李白可到此？触景更生情。
> 挽神看眼前，吾等身负重。
> 安得千间厦，寒士俱欢庆！

进入新世纪，神灵寨已建成国家级地质森林公园，我多次故地重游。2001 年 10 月 4 日，主抓教育的副县长偕我陪同省、市领导登神灵寨，待攀上顶峰，已到夕阳衔山时分。西天似火，万里弥漫彩霞，游人身置霓虹，如入天境。登高临远，"云卷千峰集，风马万壑开"。极目八方，视通无穷，思接万古，心涛激荡。当即心中赋一首《登神灵寨》：

登临神灵寨，举手弄紫冥。

南看山叠涛，东见洛阳城。

北望京畿路，黄河奔如龙。

穷目接千载，慨笑夕阳红！

待下山时已暮色苍茫，虽个个游兴犹存，可惜体力不支，举步维艰。我一会儿侧身，一会儿倒走，两膝若折，扭筋地疼，眼望石级已成畏途。恰好遇见本村戴学智之子，小伙子硬把我背下了山。从此我对神灵寨心生敬畏，再也没有登临极顶的心思了。

2003年10月3日，细雨霏霏，我又偕友人游神灵寨。雨中的神灵寨山色空蒙，别有一番情韵。而后雨霁，千峰如洗，山净水蓝；霜叶似火，层林尽染，满目红妍，灿若落霞，令人喜不自胜。归来欣然写下《游神灵寨》：

新雨空山人踪罕，风吻鸟语流水间。

怪石嬉戏走鸟兽，苔滑幽径松竹喧。

林岚难抹千峰俏，青霭无奈霜叶灿。

石瀑牵客入天界，步云登寨访神仙。

神灵寨早已成为魅力四射的风景区，吸引着八方来客赏景览胜。

春来，山清水秀，鸟语花香，修竹摇风，茂林披翠，绝壁绽屏，石瀑倒垂，风光旖旎，诗韵氤氲；夏天，万山葱茏，绿

60

染长空，水若奔马，叠瀑如练，崖峭峰峻，长峡欲飞，清幽静爽，不知有夏；秋季，山果坠枝，香浓袭人，鲵蟹珍禽，野味正肥，霜叶烂漫，妍如霓霞，秋浓如酒，不见萧瑟；冬至，银装素裹，玉树琼花，水瘦石肥，松青竹翠，石瀑悬冰，崖垂银链，蜡梅笑寒，迎春绽金。神灵寨实至名归成了洛阳的后花园，这里四季分明，景色神奇，天趣盎然，是人们休闲娱乐、健身怡神的理想去处。

近来，神灵寨已由洛阳龙泰投资股份有限公司接管，该公司不但经济实力雄厚，且有文化品位，神灵寨一定会被装扮得更具魅力，以其夺目的光彩，绚烂于中原大地！

我进城来住已经二十多年，但我一直没有走出神灵寨。

扪心自问，是神灵寨的钟灵毓秀、俊伟雄奇赋予了我对家乡的痴恋；是神灵寨奔腾的山涧清波给我注入了雄性的元气、勇气和志气；是神灵寨的山岚竹韵酿染了我的情思灵性；是母亲的教诲和父老乡亲的期冀鼓动我获得人生爬坡的坚韧及登高望远的决心。

我爱神灵寨！

我爱我的父老乡亲！

我时时想走近神灵寨，扑进她的怀抱，亲昵她——

魂牵梦萦！一往情深！

2012 年 9 月 11 日于县城翔梧路家四楼

人生之痛

亲人的失却，是人生最大的失却！

失却亲人的痛，是人生最大的痛！

一、痛悼慈母

（2001 年 8 月 7 日追悼会上）

尊敬的各位领导、各位亲朋好友、各位叔伯大婶、各位来宾：

今天，大家在百忙之中来为家母送行，我代表全家向各位表示衷心的谢意！

一会儿，妈妈就要走了，永远地走了。我站在妈妈的灵前，缅怀她平凡、勤苦、坚强、艰朴、善良、深明大义的一生，怎不叫人肝肠万断。巍巍熊耳山为之哭泣，滔滔洛河水为之悲恸！

妈妈生于 1925 年 12 月 29 日（农历十一月十四日），2001 年 8 月 2 日（农历六月十三日）凌晨不测而逝，享年七十六岁。

妈妈生在涧口乡寺上村北一个贫苦的家庭，院不过一分，烂草房只有两间。一姐、一兄，姊妹三人。妈妈生来聪慧娴顺，坚强好学，她不违母命，六岁缠脚，十趾变形，疼痛难忍，不叫疼；白天随父下田学种植，晚上回来随母学纺花、习针线。早早就学会推磨倒碾做茶饭，纺花织布施针线。1944年春，日本打进洛宁，在兵荒马乱、世事动荡之际，她没有坐花轿，只是盘了头，就走进了段家的窑门。她生了三男一女，我们三男她已培育成人，而女儿一岁上腹泻失水，不幸夭折，妈妈生前每每念起痛悔不已，终成一块心病。

　　妈妈深明大义，讲进步，顾大局。不管支前做军鞋，还是抗美援朝做动员，她都是积极分子；不管是土改，还是反匪反霸，她都巾帼不让须眉，执枪做巡逻，工作跑在前，当时她是寺上乡有名的女干部；20世纪五六十年代，她一直是村里的妇联、生产队的女队长。她坚韧坚强，家里缺劳力，年年没工分缺粮吃，她为了养活全家，一个小脚女人竟然能和男人一样执鞭驾车，犁耧锄耙，打垛扬场，受尽苦中苦。她不止一次挑着茅粪下田，走不动时，抚着我的头眼含热泪说："儿啊，你啥时候能长大，替妈挑担水、送送粪?!"

　　妈妈一生自爱、自尊、自立、自强。多少个大年三十，她秉烛达旦，给我们浆洗缝补，即使我们穿着粗棉大布、补丁摞补丁的衣裳，也都干干净净、整齐得体，不被外人笑话。即使她在感情上受到巨大打击的时候，她也能替别人着想，泪往肚里流，坚强地面对人生，把希望寄托在孩子成才上。

　　妈妈为了我们，含辛茹苦，煨干就湿，迎晨曦而出，披暮霭而归，长年辛苦劳作。多少个夜晚她独自一人孤灯纺织，以为生计。是她，亲手把我们送进学校，千百遍地教诲要我们好好学习，争气成才；是她，每周肩背粮袋，手拉我们弟兄走过谷圭原，一直送我们到洛河边上，目送我们蹚过河，直到看不见，她才一步三回头悄然返回几十里外的家乡——北村；是她，把二弟送进军营；更是她，把三弟送进大学。如今，我们一家有七个大学生、一个研究生，哪一个不倾注着母亲的心血和汗水！她像一棵大树，庇护着我们一家；她像一片沃土，养育着我们弟兄，养育着我们的孩子，还养育着我们孩子的孩子。妈妈啊，您不但养育了我们一家，您还捍卫了我们一家。妈妈您猝然而去，苍天无眼，天理不公啊！如果能换回您的生命，我愿意死上一百回让您留下来，再荫泽您的子孙。妈啊，我们想您，我们不能没有您啊！

妈妈生性善良，娴静端淑，和睦乡邻，尊老爱幼，乐于助人，克勤克俭。她惦记我，待我下班时，她倚门而望，多少次我不回家，她不吃饭，等我回来，她才秉烛热好饭菜，看我吃下；她惦记文亮，惦念在异乡工作的文光，几天不见文辉，就催着我打电话问问情况。她惦记乡邻，谁家有难处，她便叫我们去接济；她常教导我们，长短是根棍，高低是个人，咱可都要看得起。家中有了稀罕东西，她要给邻里各家送个遍；谁家有事，她总催我们去看看。可她自己节衣缩食，数十年如一日，剩饭不让倒，剩菜不许扔，孩子们不吃她自己吃。家中衣食安排、缝补浆洗，她亲自操持，即使年事已高、身体不适，她也闲不住。她一生生活清苦，克勤克俭，从不浪费。多少次，我给她钱，催她上街买点吃食，她一推了之，从来不去。

妈妈啊，世上无边的大爱是您的母爱；世上最无奈、最惨

64

痛的失却，是我们失去了您。往日进门先叫妈，今后进门可叫谁？杜鹃啼血，三更冷月母子会；舐犊跪乳，四壁萧然思母恩。母训声声犹在耳，人去魂留两茫然啊！

妈妈啊，前几天我们还促膝谈心，您嘱托我好好办公事，堂堂正正做人；我承诺最近陪您回趟老家，也去蒿坪看看您过去砍过柴、打过杏的神灵寨。可是今天，白色花圈和挽幛就要摆满您的坟头。妈啊，我要您，我想您啊！我们再也不能看到您那慈爱的容颜，再也不能听到您的教诲，再也不能给您取药送水、膝下尽孝。我们再也不能进门叫妈妈，出门惦母归。妈妈啊，千言万语，儿也述不尽母亲的大恩大德；令洛水为墨，儿也说不完对您的无尽哀思。路漫漫兮子孙在，思绵绵兮无绝期啊！

妈啊，您放心到天国去吧，您的子孙们会知道什么叫仇恨、什么叫恩德，我们会记住您的教诲，在您的灵魂庇荫下勤恳工作、好好生活、认真为人，以告慰您的在天之灵。

妈妈，您安息吧！

2001 年 8 月 4 日下午泪拟

二、段门尚氏讳秀英大人之墓碑文

母亲生于 1925 年 12 月 29 日。寺上村北贫农尚发科、戴氏之女。一姐一兄，姊妹三人。

1944 年 5 月，日寇扫荡，躲兵逃难中，母亲仅盘了头，就凄惶走进遭受兵燹的柴沟村段荣生家的窑洞。母亲所生三男苦育成人，而女儿周岁上腹泻，不幸夭折。

母亲识大体求进步，当干部带头扫盲，学习孕检及新法接生，引领新生命的降临不可胜数，解除姊妹们的隐痛有口皆碑。

母亲克己恭人，乐善仁爱。这家遇红白大事，她忘我帮救；那家脱坯盖房，催我们无偿出力。她心灵手巧，教东家经线织布，帮西家裁衣绣朵。母亲壮年笃信基督，仁心惠行与日倍增：亲朋有难，慷慨接济；邻里相求，有求必应。而她则剩饭不让倒自己吃，旧衣服拆洗后自己穿，终生如一，克勤克俭。

母亲贤惠端淑、勤朴刚韧，含辛茹苦赡老抚小，眠干换湿贤妻良母。为塑儿成器，不惜形影相吊孤身守家，送我等县城就读。夏秋发洪，她肩扛干粮护送我们走过谷圭原，蹚过洛河水，方一步三回头返回二十里外的北村。家无劳力，缺吃少穿，为多挣工分，她一个小脚女人风刀雪剑中早出晚归，男人般执鞭驾车、犁耧锄耙、收种担挑、打场集垛，苦撑苦熬中透支着生命。捋叶割草，喂猪养鸡，推磨倒碾，由生变熟，孤灯纺织，浆洗缝补，通宵达旦，手皴眼烂，孤苦辛劳中播撒着母爱。自尊自强中她身心交瘁劳郁成疾，四十一岁就患上肝腹水、肺结核、心脏病。她以羸弱之躯凭借坚毅和果敢、舍身饲虎般的无畏和无私，让我们在母爱中上大学、进军营、成家立业。即使晚年体弱多病，仍家中大事她运筹，日常琐事她操劳，天天萦记儿孙，下班时倚门翘盼，儿孙不回家她不吃饭；夜夜惦念不在身边的亲人，夜阑思儿灯泪千行；时时念叨乡邻，顾怜亲朋，捐衣赠物，体恤弱小。母恩似山，母爱如海，

66

嘉言懿行，淑仪煌煌啊！

2001年8月2日凌晨，母亲不测而逝，终年七十六岁。痛失慈母，苍天不公！思母泣血，五内欲绝。倚门望我人何处？儿啼千声呼不回！此恨绵绵无绝期，寸草何能报母晖？治家教子恩千载，母爱泱泱万古存！

值慈母八十八寿诞之际，我兄弟等率子孙谨刻石叩立，以昭懿德，以示哀情！

慈母千古！

二〇一三年癸巳十一月十四日敬立

碑阳右上刻：

慈母大人	贤淑聪慧	稼穑皆通	不让须眉
女红精湛	名冠乡里	知情达理	勤朴坚韧
贤妻良母	教子育孙	赡老抚小	沥血呕心
笃信基督	仁恕博爱	乐善好施	怜残助贫
温良恭俭	和睦乡邻	嘉言懿行	淑德宏辉

碑 楼 对 联：茹苦饮痛赡老抚幼教儿孙立身齐家恩泽百代

竭诚尽义克己恭人睦乡邻惜弱怜贫誉芳千秋

横　　　批：母仪永昭

三、叔段土旺、婶杨荣叶碑文[1]

主之天国，栖我父母：先父段土旺生于1932年壬申五月

---

[1] 侄儿文明代堂弟文普撰文。

67

初九，殁于 1994 年甲戌十一月初七，享年六十二岁；先母杨荣叶生于 1930 年庚午六月二十九日，殁于 2016 年丙申六月十七，享年八十六岁。

祖父天福、祖母贾杨氏唯养吾父一人。父以农为本，终生耕耘，稼穑精湛，兢业艰辛。以家为职，苦心经营，奔波劳碌，尊长荫亲。乐观向上，旷达豪爽，艰朴不奢，正直无媚，当生产队长多年，任劳任怨，秉公为民。创家立业，珍妻爱子，堪为儿女严父师表，毕生勤奋忠信，处世有道，克己恭人，誉满乡邻。中风数年而寿终，人去典型在，言行师后人！

母亲生于谷圭村，父杨发林，母韦翠，有一弟二妹。1952 年与父亲结合，含辛茹苦生育四女二男。母克勤克俭，居贱食贫，昼耕夜织，不避寒暑；职尽内助，侍夫育子，筹谋家业，沥血呕心；内贤外明，不骄不妒，宽厚仁爱，和与里邻。父先逝二十余载，母隐痛抑悲，孤身砥柱，兴家谋业，内外驰驱，竭诚尽虑，恩山惠海。母乐以德教，爱以仁导，子女孙辈，各有所归；亲情若虹，劳极福至，八秩后终，千古懿德！

值母三周年之际，姐弟六人率子孙后辈立碑刻石，谨表悼念之意，特示反哺之情！

2019 年 2 月 11 日拟于洛宁县城翔梧路宅

惜如歌人生，扬大雅高风①

热诚地欢迎各位学友的到来！特别是风尘仆仆从外地如期归来的学友，更令人钦佩不已。

衷心地感谢这次聚会的动议者、策划者和组织者，是他们给了这次契机、搭建了这个平台，使我们欢聚一堂共叙同窗之谊、絮语相思之苦、品评人生况味。

同学们，在这桃花含笑、柳叶舒眉的春光里举行这次高中"老三届"人的聚会，我相信，大家对此都充满着热切的期待。

因为，这是一场人生暮年抢救性的相见，我们想用年轻人的孟浪来演绎一次"老三届"人忘乎所以的疯癫；我们想用聚会来诠释"老三届"历史定位中那特殊的内涵；我们想通过聚会，再次体验五十年前同学们那唇齿相依的情、亲如手足的缘、朝思暮想的盼、难舍难分的恋；想通过这次聚会，再看看大家激动的泪花、惊喜的笑脸、忘情的拥抱、痴迷的相牵；还想看看当年同学们那清澈见底的情感、学生时的纯粹现在是否依然，看看当年的那个人，随着容颜的变老，心可曾改变。

---

① 在 2016 年 4 月 3 日洛宁一高中"老三届"同学聚会上的发言。

此刻，我作为六六届学友的一员站在这里，望着台下一张张熟悉而又些许陌生的脸，心中升腾起那不可遏止的激情，是七分的高兴还有三分的悲壮感。

当年学校一别，我们之间虽没有相隔万里长城、没有相隔万水千山，但不少同学几十年来竟从未谋面，像今天这样的聚会也唯此一次。因此，参加今天的聚会非常高兴。

同学们，我们都步入了人生的冬天，可我今天看到的不是冬天的肃杀、颓败和苍凉。岁月的风刀霜剑虽然使我们"乡音未改鬓毛衰"，但我们斑白的双鬓、稀疏的头发、"地方支持中央"的发型，谁能说这不是我们独特的王冠？这独特的王冠所彰显出的深邃和沧桑，是那些青皮后生、二八青年们所能够比拟的吗?! 我看到的是我们在座的每一个人经岁月淘洗后沉淀下来的深沉、成熟、大气和物我两忘的恬淡。这一点，也令人非常高兴。

人生七十古来稀，我们都在人生的古来稀界碑前徘徊。但，今天我看到的不是那人生夕阳西下时无奈的、苍凉的那一抹可怜的殷红，在我的眼里，是满目的星光灿烂。

我们洛宁"老三届"的学友们，是在陈谢大军四纵十二旅解放洛宁的隆隆炮声中相继出生的，是在新中国猎猎的五星红旗升起中蹒跚学步的，是在那激情燃烧的岁月磨砺中成长的，我们"老三届"人隐忍不屈地擎着社会的担当，倾力无私地做着人生的奉献。五十年来，我们有的在军界搏击风云，奋力攀登，卓尔不群；有的在政界运筹帷幄，开拓进取，出类拔萃；有的潜心杏林，发扬着革命人道主义精神，济世解困，救死扶伤，口碑斐然；有的叱咤商海，审时度势，苦心经营，

70

富甲一方；有的投身工业或交通战线，苦心孤诣，竭诚尽智，服务社会，升华人生；也有的在教书育人的三尺讲坛播撒才智，呕心沥血，哺育莘莘学子，赢得桃李芬芳；还有的坚守在广阔天地，耕耘着人生，收获着希望……但不管我们"老三届"人在人生的坐标上处于何等位置，坚守在什么样的岗位，都可以无愧地说，我们用我们的聪明才智铸造着人生的辉煌，演绎着生命的华彩！我们在自己那一方的天幕上都是一颗熠熠闪光的星辰。我非常高兴，因为我看到的是霓虹满天、星光灿烂！

各位同窗好友，当年我们高中"老三届"共九个班，加上到郑州、洛阳、偃师外地就读的共四百一十人，可今天到会的只有二百一十五人，其他的呢？有的因为健康的原因或其他种种原因没有来，也有一些早早地撒手人寰，驾鹤西去，永远永远地来不了了！令我们唏嘘不已的同时，给今天的聚会又平添了几分悲壮感啊！

由此，我们慨叹生命无常、人生苦短，短得我们还没有好好地享受如花似朵的青春年华，一转身就已经身处迟暮之年。光阴像洛河之水，永时奔流，逝者如斯，不舍昼夜，时间过得太快；而我们对生命的感悟不能太晚——我们要加倍珍惜我们的同学之情，因为一旦擦身而过，就永远不可能再见！百年修得同窗读，千年修得共枕眠。当年我们能同窗共读，那是我们人生一场辉煌的奇遇，那是我们人生最大的幸运！

五十年了，当年那丰富多彩的校园生活令人萦怀留恋，那激情澎湃的峥嵘岁月令人刻骨铭心，老师们的谆谆教导言犹在耳，同学之间的绵绵情谊梦绕魂牵……一切的一切，像一幅幅的画面迎风披靡而来，历久弥新，历历在目，恍然如昨啊！这些美好的记忆将永远珍藏在我们心灵的橱窗里，将像陈年老酒一样随时间的流逝而愈加醇厚、愈加绵长、愈加香甜！

同学们，此刻，当我们品味那过往的岁月，当我们眷顾那青春年华的时候，我的耳畔訇然响起一种声音，那就是——今日离别后，何日君再来？这是什么样的情愫油然而生？是酸楚惆怅？是依依不舍？是欲说还休？还是不堪回首归路？这是什么样的感情呀，"剪不断，理还乱，是离愁"！在今后的日子里，让我们多交流、多聚会，用我们的心血去呵护、去浇灌我们同学之间的友谊之花，让她在我们的生命中开得更加丰盛、更加芬芳、更加夺目、更加鲜艳！让她陪伴我们每一个人走到生命的终点！

最后，祝愿我们的母校与时俱进，一步一层楼！

祝愿我们的恩师们快乐健康，寿比南山！

愿我们"老三届"的学友们都有"自信人生二百年，会当水击三千里"的豪情，把我们的青春定位在七十岁，活出人生的辉煌，活出人生的潇洒，活出人生的特色，起码也要活出人生的存在感来！

最后，请允许我以六六届的名义提议——

为今天的星光灿烂，为二十年后再相会，干杯！

谢谢大家！

2016 年 3 月 19 日 23 点 55 分激情作于洛阳勤政苑

一览芳君容，轻薄万千花

——《二月兰》序

2016年5月14日，豫西地区风雨交加。

这天，郭世科老师送来他的书稿《二月兰》，让我作序。

郭世科老师在手机里说，他已到我家楼下。我正要说那你上来吧（我家住四楼），我在家等你呢，他却追了一句，我上不去楼！我惶惑地跑下楼去。楼外那交加的风雨给楼梯道涂抹了一层晦暗，郭老师就略显局促地站在薄暗中。他指着上身那盔甲般的束腰钢板说，椎间盘突出，疼得腿脚不能动，到洛阳正骨院做了手术。他庆幸地说，请专家做的，手术很成功，不过，时间还太短，楼上不去。他慨然地摩挲着满头白发说，岁数不饶人，你看头发都白完了。我心中陡然腾起感动的波澜：他已经年逾古稀，虽然精神矍铄，但难掩术后的憔悴。他住在凤翼山根，离我家有好几里路，风雨中拖着伤病之躯而来，是要有大决心、受大罪的，我知道那是文学的驱动力在牵引着他。

2015年8月20日下午，郭老师就到家找过我，就他出书的事征求我的意见，我是极为鼓励的，当时就承诺给他的新书写序。2006 年，他出第一本散文集《葛兰叶》时，就曾邀我写序。我认为出书是个大事，自觉由我写序分量不够，不能给书增色，怕愧对他的信任，就婉拒了他。这次再拂他意就有冷酷之嫌了。郭老师把打印成册的《二月兰》书稿交给我时，我清楚那是一份沉甸甸的信任。我征询他在序里希求表达什么样的意愿时，他说他想说的在《后记》里都说了，"你随便写，你随便写"，大有你办事我放心之意。还特解人意地交代：不着急，你慢慢来、慢慢来……

他又步入风雨中时，风狂暴地刮翻了他擎起的伞，伞狼狈得成了一株反卷的蘑菇，雨箭肆无忌惮地射向他伤残的身躯，疯狂而嚣张。我望着在风雨中抗争的郭老师渐行渐远，心中钦佩地喊道：郭老师啊！

接着，我又追骂一句：日他妈的文学！

都是文学惹的祸！

1983 年 3 月，路遥的小说《人生》获第二届全国中篇小说奖，可他怎么都凑不够到北京领奖的路费，路遥求弟弟天乐借了五百元赶到西安火车站，才踏上去北京的火车。八年后的 1991 年 3 月，《平凡的世界》获得第三届"茅盾文学奖"，路遥又求弟弟想法筹措到北京领奖和买书的费用。无奈之下，天乐敲开了时任延安地委副书记冯文德办公室的门，听了天乐的话，这位副书记惊呆了，他出门找了五千块钱。天乐从延安赶到西安火车站，把怀揣的五千块钱递给路遥时说，你以后再不要获什么奖了，人民币怎么都好说，如果你拿了诺贝尔文学奖，去那里是要外汇的，我可弄不到！路遥只说了一句话：日他妈的文学！便头也不回地进了火车站。

《平凡的世界》是 1988 年 5 月 25 日路遥凭着超强的毅力和病魔赛跑坚持创作完成的。他写到最后一章时，双手痉挛，泡在热水里半天才能恢复知觉。当他为全书画上最后一个标点符号时，他站起身来条件反射般地把圆珠笔往窗外一扔，号啕大哭起来。

1991 年的农历腊月二十五，陈忠实历时六年，用劣质烟熏焦的手给《白鹿原》画完最后一个标点符号——省略号的最后一个点时，他两眼发黑，脑际一片空白，昏倒在椅子上泪流满面。

这就是文人的德行！

正是文学那无穷的魅力，才能使郭世科老师在笔耕的辛劳中忘我忘形地痴迷，不可自拔地沉湎，难以自已地发狂！

当人们在麻将桌上夜以继日、乐此不疲地践行着娱乐至死理念的时候，郭老师却沉浸在壁垒森严的寂寞和孤独中，陪伴他的只有喧嚣的文字，寂静中倾听着自己内心的呐喊，神游故乡诉说着对她的万千情愫；当人们张牙舞爪、神气活现地爬山、练拳、打球、跳舞……耗费当下宝贵的生命而又期冀长寿的时候，郭老师却把当下当成未来来珍惜，青灯黄卷、精神饱满地思接八方，忘情山水，用珍珠般的字符成就烟花烂漫的叙事风景，用千言万语歌颂着祖国江山如此多娇；当人们在金钱面前发疯发狂、晕头转向、又当强盗又当骗子的时候，当人们沉沦在情欲的泥沼，用姹紫嫣红的杯盏令酒桌上惊涛拍岸卷起千堆雪的时候，当能量过剩的醉鬼疯女们嚣张于歌厅舞场，无人识得凭栏意的时候，郭老师却把夜色倒进杯里，一边呷着，一边驾驭着文字这条狂傲奔放的船一意孤行，一会儿叩问历史，一会儿铁骨柔情话人生，一会儿与友人絮语，一会儿又凭吊英灵；当那些乍权乍富者开着珠光宝气的豪车一掷千金去买卖任性的时候，他却不同流俗，发愤忘食，乐而笔耕，不知老之将至；当有人把卖身当作行为艺术、把坑蒙拐骗誉为精英才华的时候，他却在爬格子，让灵魂徘徊在情与理之间、踟蹰于思与行的边缘；在当下喧嚣的红尘中，太多的欺世盗名使人与人之间只剩下利益和利用时，太多的尔虞我诈使你、我、他之间只剩下荷尔蒙的时候，郭老师竟然能透彻清醒地做人——坚守在生活的一隅，用笔端抒写胸臆，书写着精神的真挚独语……

他为什么能这样？仅仅是因为文学的魅力吗？

也许是深邃的历史、世态炎凉的当下、对未来的憧憬在他心里融合、交结，积郁成病，如鲠在喉，不吐不快；也许他认为当下的人们活得太累，需要用轻松的无稽去减压，需要用华美的粉饰来养眼，需要有无伤大雅的思想流放；也许他觉得人们急需精神的营养，急需高尚的引导，急需品德的浸润；也许他知道，当社会万象飞扬成阵、迷眼乱心之时，文学这根最敏感的社会温度计比金钱更值钱；也许他太看重王安忆的话——文学在创造一个含量特别重的爱情；也许他生于仓颉造字的圣地，心有灵犀，清楚世界万物终都会萎落成泥，而只有文字才是不死的精灵……因此，他把心放在文学上——此心安处是吾乡，别无旁骛，不管人生如何移步换景，生命不息，写作不止，这是追求，亦是宿命。

有文化的生活是诗意的生活，郭老师用一生的年华钟爱着文学，乐此不疲，用写作擦亮自己、烛照别人，无论咋说，他都是一个诗韵葱茏、活得特有意义的人！

从认识郭世科老师那天起，我一直称他为郭老师，没称他为郭先生。男的称先生、女的称女士，原本不乏敬意的，曾几何时，却把此等称谓庸俗化、中性化了，正像"小姐"本是对年轻女子的尊称，当下已变异成靠青春吃饭的女子们的专用标签了。我是崇尚"同志"二字的，那是为共同理想而奋斗的同道者之间的称谓，那是火红年代的称谓，在私欲泛滥、金钱至上的年月再称谁为"同志"，那就是古董了，会被耻笑、遭白眼的。"师傅"是当下普遍而时髦的称谓了，在把发展经济当第一要务、把赚钱当人生目标的时候，人人都应该成为"师傅"的，都应该成为具有传授某种技能、身怀某种挣钱本领的人，好端端的一个尊称，是否有些许铜臭味了？我称郭世科为老师，一是他在教苑躬耕一生实至名归；二是学高为师、德高为范，"老师"的本意就是某些方面值得学习的人；三是他长我几岁，属于兄长；四是虽都是爱好文学之人，但他出道比我早，一言以蔽之，我是饱含敬意的。

1996 年 9 月，我开始主政洛宁县的教育，初识郭老师。当时他在教育局办公室主编《洛宁教育》，而后相识相知，愈交愈深，感情渐笃。

郭老师是个把岗位当成家、把工作当使命的人。不管是我考察全县三百八十二个行政村的学校、教学点，还是逐乡逐镇召开"普九"动员大会捐款、集资、建校，他都形影不离地陪着我；不管是全县新建教学楼的工地，还是各级学校大、小规模的教学研讨会或现场会，我所到之处也都有他的身影；不管是"提高教学质量、提高教师素质、改善教育环境、改善教

77

学秩序"四个目标的宣传和实施，还是实行"中间突破战略""悠悠万事唯高考为大、唯高考为重、唯高考为先"的践行和落实，他都没有缺位。总之，我对洛宁教育的总体战略构想、发展方向的引导、阶段目标的落实、"普九"攻坚的鏖战……每个步骤和节点他都能及时跟进，宣传报道得很到位。从宣传片的制作到教育文献性的《千秋业》的编纂，他都起到了不可或缺的主导作用。郭老师工作不但勤奋认真，而且卓有成效。我在想，如果说我主政教育那几年还有所建树的话，那也是有郭老师一份心血的。

我和郭老师因工作默契，经感情浸润由同事变为朋友后，发现他在芸芸众生中其实是个生活得很成功的人。另外，领悟到他的成功得益于两点：一是故乡那山为主体、水为灵魂的黄土地；二是他文人的标签。

抗日战争胜利的前一年，郭世科老师出生在下峪乡硖石村。这是藏在伏牛山皱褶里的一块神奇的地方，北可听滔滔洛河水，南可眺巍巍熊耳山。这里源远流长的文脉滋养着他嗜书如命的癖好，使他在山民之子中脱颖而出，于 20 世纪 60 年代初踏进洛宁师范的门槛，从此他开始往返于硖石与县城之间，用脚板去吟咏曹靖华笔下的"九岭十八坡，三关四洛河，要得走平路，下去双岩坡"的苦旅之歌。在岁月的磨砺中，郭老师一直遵循着"闲中觅伴书为上""诗书非药能医俗"的信条，并意随笔生，生花的笔头令他身上渐渐显露出文人的标签来。

谁的身上都烙有时代的或自我的标签，并受着标签的制约——流浪是诗人的标签，广告是商人的标签，沮丧的眼泪是失恋者的标签，自嘲是无奈失败者的标签，文人是郭老师的标签。《豫西新闻》编辑、洛宁教育局党办主任、《洛宁教育》主编、洛宁县作协副主席……历数其一路的桂冠，哪个与文人的标签无关？1977年的深秋，郭老师因一篇《我是怎样搞好作文教学的》材料被北京师范大学黎锦熙教授的关门弟子、时任洛宁县教育局副局长的杨守忠赏识。而后，杨局长是一直看好郭老师那文人标签的。1984年3月，已升任洛阳地区宣传部部长的杨守忠让郭老师到《豫西新闻》当编辑，突如其来的幸运和喜悦打死郭老师都不敢相信。按杨守忠部长规划的路走下去，郭世科老师的人生也许会更加华彩。但，家中的妻儿老母在他心中太重了，灵魂时时想栖于她们的依偎之中；对家乡碛石的眷恋和挚爱时时令他有风雷暗蓄般的兴奋和狂躁。干不到一年，他竟令人不可思议地、决绝地辞别了洛阳，回到令他一想起就流泪的故乡——碛石。最终，还是因了文人的标签，郭老师调进了县教育局，从此在既有乡村特色、又有城市韵味的县城安营扎寨。在人生各个新的界碑前，他都能"得意了自己笑，失意了笑自己"，时时其乐无穷地秉烛夜航，用生花之笔放飞心灵的歌唱。他陆续在报纸杂志发表文章二百多篇。继2006年出版散文集《葛兰叶》后，现又出版散文小说集《二月兰》，韵味跌宕地寻觅着灵魂的皈依之地。

我们都是凡夫俗子，但在郭老师平凡的生活中，他就是不平凡！

郭老师的散文写得好！

郭老师最擅长写散文——《葛兰叶》是散文集，《二月兰》中除几篇小说外，大部分也都是散文。但写好散文并不容易。

古代把与韵文、骈文相区别的散体文均称为散文，如此说来，人们张口说话都是散文，似乎写散文并非难事，不然！散文作为一种最古老、最常用的文体历久不衰，它必然具有极强的文学性和极高的艺术水准，否则早已萎落于历史的尘埃深处了。早在周代，就出现大批散文名著，如《论语》《孟子》《荀子》《老子》《庄子》《韩非子》《商君书》，以及《春秋》《左传》《国语》《战国策》等。斗转星移，秦汉散文在先秦基础上进一步得到了发展，东汉后又出现了像书记、碑铭、论序等各种体裁的单篇散文。魏晋南北朝是古散文发展变化时期。自唐宋以至明清，逐渐演化出文学散文，产生了不少游记、寓言、传记、杂文等散文文学作品。清人姚鼐的《古文辞类纂》把散文分为十三类，其实，统而说来，散文无外乎叙事、抒情、议论三大类。

郭老师的《二月兰》就囊括了散文的三类体裁，甚至在同一篇文章中手法丰富多样，叙事、抒情、描写、议论手段兼而备之，或各主其事，或融会贯通。郭老师的散文形式自由、结构灵活，把散文的散而不乱、散而有致、形散而神不散的基本特征把握得贴切入微，运用得游刃有余。

《二月兰》的"散"，首先表现在体裁的多样：有随笔、有偶感、有游记、有回忆录、有读后感、有序、有跋，还有发言稿及对人物的评点等。不管体裁咋散咋乱，作者或统筹安排或独立谋篇，穿引文章的线索是清晰的、纹丝不乱的：要么感情线索、要么事物线索、要么人物线索、要么景物线索、要么思绪线索……再而通过对形象的描写、心理的刻画、环境的渲染、气氛的烘托，进而运用诗歌式的比喻以及象征、拟人等多种修辞手法，创造意境，突出主题，达到笼天地于形内、挫万物于笔端的效果。

其次，《二月兰》的"散"表现在作者对散文的"自由性"的把握和处置上。散文的妙处就是气象万千，就是变化无穷，就是或惊涛拍岸、惊心动魄，或委婉流畅、飘逸之致，或简洁淡雅、清馨如兰，或沉郁深邃、幽暗曲折。作者在文中无论感于哀乐还是缘事而发，叙事手法娴熟，感情抒发巧妙，把深刻的思想、美好的情怀凝聚为生动的画面，做到情与外物相融、诗意与境界相织，情感浓郁，朴素自然，既有时代气息，又有个人风格。例如，作者在饱览祖国大好河山时，直抒胸臆，感慨如瀑，一泻千里："在泰山的日观峰上曾为红日跃海而欢呼；在黄河的橡皮船上曾为母亲河的坦荡而落泪；在黄山的天都峰上曾为脚下的云海而惊叹；在北戴河鸽子窝公园的岩石上曾为大海的浩瀚而歌颂；在西双版纳的傣族竹楼里曾为民俗赤诚而欢歌……"但作者在《那车、那路、那女孩》一文中，却又用的是白描淡雅的色调，连深刻的心理刻画和华丽的辞藻都没有，通篇如山泉顺流淙淙而行，读之如听草尖情话，如赏忧伤的月光，既有美感又有余味。总之，无论作者融情于景、寄情于物还是托物言志、明述事理，都能自由随意，毫无牵强之嫌，把散文的灵魂——"自由性"拿捏得恰到好处。

第三，《二月兰》的语言散得恰如其分。任何文体的语言都没有僵死的定规定矩，但一定有与文体相应的特色。散文的语言一定更有"散"的蕴意。郭老师在《二月兰》中，不管是"万千情愫说故乡"还是"千言万语颂山河"，无论是"铁骨柔情话人生"还是"艺海拾贝咏友人""史海钩沉论乾坤"，在语言的运用上，始终遵循着相由心生、境由心造、言为需用的原则，语言风格或深婉、或悲怨、或率直、或慷慨、或质朴、或清丽……都能因体裁而异、因立意而异、因意境而异、因风韵而异。在他的笔下，语言有诗歌的空灵跳荡，也有小说的漫溢沉冗；有批判的尖锐犀利，也有清鲜流水般的平实流畅。统而观之，《二月兰》的总体语言风格是质朴纯挚，简洁潇洒，抒情状物不事雕琢，自然到来浑然天成。作者的语言质而不俚、浅而能深、近而能远，主旨鲜明，态度严肃，绝不沦于粗俗的嬉笑怒骂，也没有引车卖浆之流的痞性，更没有泼妇骂街的口吻，但又不失恣肆汪洋的情感。

在研读《二月兰》时，我没有完全用我的逻辑水平去评判作者的每篇文章，为了避免差异，我基于作者的逻辑水平去认知，如此会发现作者的匠心独运，文中幽微潜隐之处，更是草蛇灰线曲衷所伏，非以其心度其理，往往不可得其喻旨。细研之，我们会发现：作者幽深复杂的内心世界横亘着历史的伤痕与现实的尘屑，交织了太多的过往记忆、当下的境况感悟以及对未来的梦想，并折射着不断变化的外部世界。因此，《二月兰》就有了繁复多元的主题。但作者把握得当、多而有致，具体到每一篇，主旨是清楚的、集中的。

《二月兰》的总体风格既有闲散疏放，又有浪漫诗化；既有现实的粗粝质感，也有精神的幽微深度。我相信，《二月兰》质朴纯挚的绚烂，一定会拥有海量的粉丝！

我已经先睹为快，深受其惠——在我心中，郭老师是难能可贵的散文家。

波兰诗人齐别根纽·赫伯特说："我想描述一束光，它来自我的内心。"在郭老师的《二月兰》里就折射出了他内心的那束光——家国情怀。

家国情怀，是经五千年优秀文化浸润的中华民族能够凝聚前行的动力之一，也是泱泱大国历久弥新的精神资源之一，是对国家高度的认同感、归属感、责任感、使命感的体现，是一种深层次的文化心理密码。

家国情怀，是古往今来每一个有良心者不竭的精神之河，这丰沛的涌流丰润着我们精神的园圃，生长出大写人生的大树，成就着不凡的人生意义。像毛泽东这样的历史伟人，他的家国情怀就是中华民族的独立和崛起、人民的翻身解放当家做主，就是"环球同此凉热"，为此奋斗时他就有"埋骨何须桑梓地，人生无处不青山"的壮志豪情。多少革命先烈因家国情怀不惜用生命给人民播风布雨，像赵一曼一样"未惜头颅新故国，甘将热血沃中原"慷慨赴义；焦裕禄等人民公仆们的家国情怀就是"心中装着全体人民，唯独没有他自己"的为民情深，就是怀爱民之心、思兴国之道、念复兴之志，对国家鞠躬尽瘁的大爱践行。

中国的文人理想是《礼记》说的修身、齐家、治国、平天下，而对他们家国情怀的最具代表性的阐述，当为范仲淹的"先天下之忧而忧，后天下之乐而乐"了。

郭世科老师是文人，是芸芸众生中的凡夫庶民。他对家国情怀的书写就是对家的眷顾、对故土的热恋、对人民的深情、对祖国山河的挚爱、对先烈的崇敬以及"位卑不敢忘忧国"的大义担当。

家是小的国，国是大的家。家国本是同声相应、同气相求、同命相依、同根相连、同枯同荣的亲家爱国的情感融合一体的精神道统。因此，作者的家国情怀最基础的归宿地是刻骨铭心眷顾着的灵魂可栖之地——家。那里有"母爱如山"的厚重和温暖，那里有母亲熬的"苦汤"解渴充饥，那里有"染发"时对如歌岁月的眷恋和对夫妻情分的怜爱。家的情愫是滚烫的，能使他决绝地、不计后果地放弃《豫西新闻》主编的光彩和体面回家，可见他对家的爱是热可灼金的。

作者家国情怀的另一体现就是对故乡的热恋——故乡那生金长银的"五亩坪"、"故土文脉"、故土"血脉"、"山村的根"、"厚重的故县秀美的家园"、"金秋柿子情"、"豫西麦忙天"……那爱、那疼、那怜，都被作者以摄人心魄的激情书写着、歌颂着、膜拜着、祈祷着。同时，作者善于用乡里的琐碎和俗常生活中的吉光片羽去折射家乡的亲切及乡情的绵长——家乡那如梦如幻的林岚晨雾，那淙淙作歌的山泉，那香馨怡人的袅袅炊烟，那水边如鼓的蛙鸣，那老牛，那老屋……都在作者的笔下诉说着赤子乡恋；那巍峨叠嶂的熊耳山，是作者笔下乡魂的伟岸；那碧波万顷的西施湖水，是作者笔下乡亲们那激流暗蓄的梦想……这一切都在阐释着家国情怀的平民本色。

"江山如此多娇，引无数英雄竞折腰"，对祖国江山的膜拜是古往今来一切具有家国情怀的人锦绣心愫的必然和人性隽永的写照。郭老师情意盎然地抒发着"南国珍珠"港、澳回归的欣喜，同时撕裂殖民奴役的屈辱警示着后人；他"抚摸九寨沟"，陶醉于大自然鬼斧神工的庄严和神圣；他"再吻苏州"城，不仅在寒山寺的钟声中品味苏州的诗情画意，还从朝代兴衰的备忘录中举起"苦心人天不负，卧薪尝胆，三千越甲可吞吴"的警示牌来。另外,从作者对圣地、圣境的虔诚中,更可见其家国情怀的灼灼炫目:"谒黄帝陵"时,他在对赫赫始祖的敬畏中升腾着龙脉民魂的骄傲和豪迈;他登上天安门城楼,看到的是毛主席从韶山冲一路走来脚下激荡的风雷,听到的是悠远无疆地回荡在政治天宇的毛主席那振聋发聩的"人民万岁";"魂牵梦绕走延安"时,宝塔山下,他领略的是救国救民的领袖们纵横捭阖的谋略、包藏宇宙的胸襟、吞吐天地的气派、震撼五岳的谈吐、深邃精辟的思想和运筹帷幄决胜千里的睿智,以及前赴后继、赴汤蹈火的大无畏精神。

作者没有经过战火的洗礼,可他对战争的描写和对先烈的缅怀中,却能纤毫毕现地表露出他精神谱系中那与国家民族休戚与共的壮怀和以百姓之心为心、以天下为己任的使命感以及发自内心的精神归属。他写了洛宁的革命先辈温旭阳、曲乃生、贺崇升等,深情地颂扬着这一群许身于家国者对信仰的最彻底的承诺和精神最纯粹的皈依。他又写了抗日战争的艰苦卓绝,他写把共产主义信仰当成宇宙真理而慷慨赴义的方志敏,他写"国破尚如此,我何惜此头"的吉鸿昌,他还写洛宁人民抗击日寇的长水激战、双岩坡阻击战、三棵树游击战和崇阳北坡血战,弘扬同仇敌忾的抗日精神,悼念死难的先烈。他通过对正义战争的讴歌和致敬、对先烈的崇敬和膜拜,使笔下的先烈们用生命毁灭时的磷火控诉着战争的残忍,凝聚着民族的浩然正气。硝烟早已散尽,先烈已经远去,但作者用自己的笔在铭记着历史,再现着先烈们丰沛的感情世界和勇敢无畏的信仰图腾,用笔守候着先烈们为国为民牺牲与奉献的精神高地,令后人去颂扬,去终生仰望。

家国情怀，通俗地说，就是一个人对国家表现出的深情大爱及强国富民的理想追求和责任担当。"知责任者，大丈夫之始也；行责任者，大丈夫之终也。"责任和担当乃家国情怀的精髓，郭老师用自己的笔证明了他是"精髓"的参悟者和践行者，实在难能可贵；《二月兰》也因此洋溢着饱满的感情张力和精神韵味，给人以激越的快感。

总之，郭老师是有家国情怀的人，因此活得有品位。

和《二月兰》的文字同行，会始终受到善良之河的浪花温柔的抚摸，会沐浴着人性中温暖的光辉——这就是悲悯情怀。

悲悯情怀，对哲人而言，就是心系苍生，用大智大慧的胸怀去拯救、怜悯、同情苦海中的世人；对常人而言，就是哀叹时势、矜怜人民、怜弱惜贫、相互体恤。这也是中国文学最古老的特色和命题，从屈原的《离骚》到杜甫的《秋兴八首》，在文学的长廊上希冀悲悯之光照亮每个人的心灵、悲悯之水涤荡每个人的灵魂的文章俯拾即是。巴金的悲悯情怀直白得很："我愿每个人都有住房，每张口都有饱饭，每个心都得到温暖。我想擦干每个人的眼泪，不再让任何人拉掉别人的一根头发。"朱光潜在《悲剧心理学》中说："悲悯情怀是一种普遍关注人性、人类生存状况的人道主义情怀。"

这种情怀，在郭老师的笔下如透雨普降，无处不受其润——

洞房中，当秦月兰把陪嫁的床单撕成彩带、拧成彩绳、绾成绳套，以此结束如花似朵生命的时候，作者一定流泪了，他把月光写成了霜，春风在他笔下发出的"声响极像出殡时的招魂幡抖动的哀鸣"；当"俊秀贤淑的秦月兰在这早春二月万物复苏的黎明结束了她只有十九岁的生命"时，"月兰洞房被撕破的窗纸发出一阵呼呼啦啦的绝唱，似乎在为早去的月兰鸣起哀乐"。作者的哀怜已不可自已，只有让风来表述他惋痛悲悯的情愫了。

1956年，十九岁就成为西北农学院的教师，并特邀为《延河》杂志做诗歌编辑的青年才俊苗永召，因幼稚的正直沦为囚徒，而后落魄成乞。三十多年后的1988年，作者看到满脸污垢、满头灰土和麦草、通身只有一条血迹斑斑的短裤的苗永召时，悲悯诧异后连忙施救；又过了十几年，作者回家乡，在苗永召那不足十平方米的土屋里看他挂在斑驳四壁上的"条幅"——"召本酒狂徒，倜傥不羁绊。平生喜文章，尘埃视轩冕。少年壮云志，誓学古代贤。君不见王恺石崇竞富贵，而今空留金谷园。君不见隆基玉环恩爱情，唯有皓月照人间。人生只许乐，莫要无酒空嗟叹。"再看佝偻迟钝、苍枯如木的苗永召，作者眼流泪、心流血了。

《五月里来麦梢黄》中的长原参加了抗击日寇的牛家疙瘩血战，他从死人堆里爬出来时，人们发现他的脑子震坏了。疯癫的他和嫂子相依为命。当嫂子大限将至时，他三天三夜独自为嫂子挖穴掘墓；当他趴在嫂子薄棺上号啕哭唱"五月里来麦梢黄，我这嫂子是亲娘……"时，作者早已泣不成声。

当作者痛悼母亲，说母亲"临终诀别的是一根沉重的磨杆"时，他亲情的一脉活水荡开柔波，惊起悲恸，老泪纵横；当薄暮的细雨中，在洛阳上班的作者辗转到家，看到落汤鸡般的妻子在田里一步三滑往返担挑玉谷穗时，他痛楚的心汪出湿

87

漉漉的怜爱；当作者在张汉臣老师的生日宴会上，凝望老师经岁月濡染而清癯沧桑的脸颊时，生命的多彩多舛、如烟往事和岁月的无情令他泪影婆娑；当作者送别教育局公长钦局长时，在对过往的眷顾和钦佩中流放着现实的悲切和凄凉。

作者的血脉里流淌着正直善良的禀赋，看到生命中相遇过的人身世如乱云、人生如飘萍时，他那人性的一方净土上就会开出关爱之花。而对于那些为理想、道义、使命、责任不惜用生命去追索、去奉献的崇高者，他更是给以悲怆的心灵祭奠。

他为"恨天低，大鹏有志愁难展"的兵谏英雄张学良和悲愤国破志未酬的杨虎城两位将军扼腕慨叹、恻隐惋惜；他也为焦裕禄、史来贺、杨贵和、吕日周等勤政为民、官德昭日的革命公仆们洒下钦佩的热泪并放开颂扬的歌喉……

也许作者那高山巍峨、秀水灵异的故乡给了他血脉不息运行的悲悯；也许他知道悲悯不但是善的表现，更是善的源头；也许他崇尚怜惜弱小、体恤无助、珍爱生命这最温柔、最具震撼心魄的崇高情感；也许社会的丛林法则造就了太多的冷酷，急需用善良的暖热去调温；也许充满铜臭的世界急需用温馨的道德、芬芳的情感去打扫……

作者用心用意去做了，他用笔下的悲悯纾解冷漠、淡化不平、惜残怜弱……悲悯情怀这一人性之花在作者的心里，永远不会随生命的衰老而衰老，反而是永远年轻、永远妖娆。总之，作者立足于人性的制高点，用非常自我而又非常忘我的深情抒写去憧憬和挽留世态炎凉处那一丝温情，以期用悲悯情怀的气质去完善精神的品格。

《二月兰》抒发的是大情怀，这是人民性的体现。任何一部作品、一篇文章，不管语言如何华丽、主题如何奇崛，没有人民性，那都是缺骨少钙、没有灵魂的残次品。

作者的文章通篇富于哲理的意趣，情感的书写真挚而诚切，没有"少年不识愁滋味，为赋新词强说愁"的矫揉造作和无病呻吟，也没有吃着猪肉说猪可怜、披着狐皮大衣去包扎受伤狐狸的矫情作秀和虚伪。

《二月兰》静水流深的底调，纯挚坚定、温和多样地诉说着对这个世界的深情批判。大爱希声，作者和他的读者们一定会在大爱的氛围中沉浸于无状之状、无象之象中，往精神的高地攀爬……

对《二月兰》及其作者，要说的太多，纸短话长，就此打住。否则，何来余味？

掩卷凝思，眼前幻化出一束疏淡有致的兰花，她在山魂水魄酿造的腐殖质里茁壮而蓬勃着，二月骀荡的春风里，翠绿的叶条婆娑着清雅和诗韵，丰妙的身姿摇曳出浪漫和婉约，忽有暗香袭来……我不由击掌叫绝：一览芳君容，轻薄万千花！

读《二月兰》有感，率性臆语。

权为序。

2016 年 5 月 31 日 0 点 9 分随性拟就于洛阳勤政苑

世代传承好家风

　　孟子曰："天下之本在国，国之本在家，家之本在身。"欲治国者必先齐其家，因为家是小的国，国是大的家。家国本是同声相应、同气相求、同命相依、同根相连、同枯同荣、情感融合、命运一体的中华民族的精神道统。家既然是社会的细胞，是国家和人类文明的基石，那么家风也就是各种风气的基石和源泉。"问渠那得清如许，为有源头活水来。"只有家风这一源头清澈，才能涵养好党风、政风、社风、民风，才能使九州乾坤朗朗、四海风清气正！

　　家风，作为中华民族优秀文化的重要组成部分，古往今来，有志之士、有心之人无不重视。纵观古今家风画廊，可谓琳琅满目、多姿多彩。唐诗人罗隐"国计已推肝胆许，家财不为子女谋"，甘于清贫、廉洁自守的家风可嘉可勉；写在扬州楹联上的"传家别无法非耕即读，裕后有良图唯俭与勤"，昭示着传统家风的本色和内涵；郑板桥"咬完几句有用书，可充饮食；养成数竿新生竹，直似儿孙"，虚心有节、刚直不阿的家风跃然纸上；明嘉靖皇帝朱厚熜把幼时贪玩、无心读书的儿子关进书房一百天，责令他每天把家教对联"读书好练武好学好更好，创业难当权难知难不难"抄写一百遍，此情此景，可见家教家风的权威和苛严；清人金缨在《格言联璧》中说"勤俭治家之本，和顺齐家之本，谨慎保家之本，诗书起家之本，忠孝传家之本"，向世人清楚地宣授着家风这一中华民族千年传承的精神尺度；什么"百善孝为先""积善之家必有余庆""家和万事兴""吃亏是福""难得糊涂"等箴言都毋庸置疑地彰显出一个理念——好家风这无声的教诲像甘霖惠泽家人、享用无穷，有好家风才能走得远！耕读传家、积德行善、仁孝清廉……中华民族几千年的传统家风，塑造着一代代华夏子孙的精神长相，使之在云谲波诡的红尘中能清醒、健康、完善、完美地前行！

那些殚劳一生、为人民布风施雨的伟人们，他们的家风更令人感佩不已。忠孝博爱、廉洁奉公、笃学修身、友善敦睦的家风，孙中山一生躬身垂范，也令后人秉承其志。毛泽东倾其毕生为崇高理想无私无畏地奋斗，"埋骨何须桑梓地，人生无处不青山""为有牺牲多壮志，敢教日月换新天"的壮志豪情，那不是一个人民领袖、民族英雄对家风的最豪迈的诠释吗?！周恩来秉承虚心为民、务实刚正、崇党崇国、鞠躬尽瘁的家风，不是被人们口口相颂并激励着人们奋进吗?！

总之，好的家风是每个向善向上者不可或缺的精神之泉，那不竭的清流丰润涵养着我们精神的园圃，长出丰茂嫣然的人生芝兰，成就着华彩不凡的人生。但当私欲泛滥、金钱至上、红尘万象飞扬迷眼乱心之时，家风也会败坏，真善美也会萎落成泥。当人们哀叹人心不古、古风不再之时，党中央开始扬新风、出重拳、惩腐恶，提出字字珠玑的社会主义核心价值观，进行着"三严三实"的教育，家风的"炼钢炉""雕刻刀""紧箍咒"作用日益显现，为政通人和、风清气正起着不可替代的保驾护航作用。

就"家风"这个话题，我们家进行过一次讨论——

勤俭持家是我们老两口一直推崇的。这一点全家早已领略。我俩四十多年前结婚时的床单铺烂了不能再铺，内衣穿烂了不能再穿，废物利用撕成了孙女的尿布；剩饭不让倒，没人吃老婆她自己吃；桌上掉一粒米，我要夹起填进嘴里，孙女手里的食物掉在地上我也不许扔……这与卫生不卫生、有钱没钱无关。我们从20世纪40年代走来，从神灵寨大山深处走来，那俭省节约、艰苦奋斗的精神已融入我们的血脉，那几十年二牛抬杠的耕作岁月使我们对"锄禾日当午"的辛劳更有切肤之痛，对"粒粒皆辛苦"的蕴意有别于常人更深的理解。

我儿子说，家风兴，家道兴，家风不仅是一个家约定俗成的家规家法，更是社会主义核心价值观的重要载体，咱家首先要崇廉，现在家庭腐败已不是个案。我们理解他的苦心、支持他的观点，他是市委办的一个科长，他的崇廉那是一个党员的党性使然，是一个公务员警钟长鸣、慎独自律的应有常态。

我老婆说，长短是根棍，高低是个人，咱家都要看得起，不能见高失低。我升华说，就是要克己恭人、怜残助贫。我儿子说，就是要有悲悯情怀，心系乡梓，体恤亲情。我儿媳说，我蓦然发现了全家人身上那绚烂的人性光辉，理解了你们为何多次为老乡邻们舍钱捐物，为亲戚朋友不辞劳苦、忘我施援啦！

当我提出要一如既往崇学时，一家人都感到很骄傲，因为我们老一辈姊妹六个都大学毕业。我虽已步入古稀之年，但读书仍是我每天唯一的功课。我说，读书是一个人尊贵的最低门槛，只有爱学、勤学、善学，才能提高气质风范，才能防止少知而迷、不知而盲、无知而乱。我爱怜地摩挲着孙女的头说，宝贝，你可要好好学习、天天向上，知道吗？

孙女说，知道。

老伴说，宝贝长大了，可要孝敬爷爷、孝敬奶奶、孝敬爸爸、孝敬妈妈，知道吗？

知道。孙女儿说。

儿媳说，可得一辈子！

孙女儿说，不信？拉钩！

好，拉钩！儿媳和孙女儿母女俩相互勾着小指边摇边唱，拉钩上吊，一百年不准变！儿媳高兴得正要亲她，她突然说，不是一百年，是世世代代！

儿媳讶异：三岁半的孩子，能懂这么多？

儿子欣喜：三岁半的孩子，就懂这么多！

孙女清澈的眸子里泛起严肃和坚毅。

全家不约而同地跷起大拇指，冲孙女说——

对，是世世代代！

真棒！

我们为你点赞！

2016 年 9 月 12 日于洛阳勤政苑

风景这边独好①

——一个知青的心声

1968 年 12 月 22 日,《人民日报》发表《我们也有两只手,不在城里吃闲饭》的编者按语中,引述了毛主席的指示:"知识青年到农村去,接受贫下中农再教育,很有必要。"随即全国开展了知识青年上山下乡运动……半个世纪过去了,对知青、对知青之路,各色人等都是怎么认识的?我的体验是——

我是个回乡知青。

我有资格向知青致敬!

我是洛宁一高中"老三届"中的六六届。正值高考冲刺的关键时刻,史无前例的"文革"活剧拉开了帷幕,从而改变了我的人生轨迹。本该毕业的我,又留校搞了两年多的"文革",1968 年 10 月 25 日,我怀揣洛宁县革命委员会发的《毛泽东选集》四卷,肩扛烙着"广阔天地大有作为"字样的铁

---

① 政协组织编撰关于知青的文章,受邀写了此文。

94

锨，回到了大山皱褶里的家乡务农，成了回乡知青。

知青，这是中华人民共和国历史上绝无仅有的一代人，是与共和国同长同行、同荣同难的特殊群体，是由沧桑青春、苦难辉煌、血色浪漫凝成的内涵丰厚的历史身份。遥想当年，一声号令，有多少热血青年放弃了升学，毅然回到农村那"广阔天地"，用自己的青春和生命书写着"大有作为"的文章；又有多少城市的中学生在锣鼓喧天、披红戴花的欢送中离家别亲，豪迈地奔赴塞外边关、沙漠戈壁、南疆雨林、北国荒原，上山下乡，屯垦戍边，淬火人生。

半个世纪飞逝而过，时代变迁移步换景。当年知青上山下乡接受贫下中农再教育的战略性大迁徙，有人说是一场悲剧、闹剧，说知青是悲剧的参与者、扮演者和牺牲者；也有人说这是锤炼社会主义接班人的伟大举措，是锻造共和国一代脊梁的荡气回肠的不朽诗篇……我作为知青的一员，作为知青之路的亲躬亲历者，对此自有独特的刻骨铭心的体验和感悟。

一、穷困不在意坚韧奋发，苦难不在乎乐观向上

当年的日子真的很穷困：我家没劳力，挣不来工分，一直是缺粮户，过着鸡蛋换盐、糠菜半年粮的紧日子。刚出校门半个月，母亲就让我结婚。新婚那天，作为新郎的我竟没件像样的衣服穿。上身的破棉袄是我刚上高中时母亲特意买了黑洋布缝制的，因为太大了，钻风，我私下把扣子往里挪了，如此失去了对称，成了不伦不类的"列宁装"，且袄襟已经磨破，露出棉絮来。下身穿的是我心爱的黑条绒裤子，屁股和两个膝盖

95

都打了补丁。我就这么个穷相，骑着一辆旧自行车就把媳妇给驮到家喽。

家中没钱，春天我上山攀岩挏藤花，脱掉鞋袜赤脚爬上石板拽韭菜，次日背到县城去卖，一来一去两天可赚两块钱；冬天我曾担炭卖炭，起早贪黑两头不见太阳，来回五六十里的山路，饥了啃块玉米面馍，渴了趴到河边砸开冰凌喝个够，脚打泡，肩磨烂，第二天还得咬着牙拧磨到县城，若卖得好能挣五块钱。没油吃，钻深山翻坡迈岭打山杏，而后捂杏、淘杏泥、砸核取杏仁儿，瞅个日头毒的大晴天，正当午时把杏仁倒在碾子上碾，再把碾出的杏仁油用稀布一点儿一点儿蘸了，拧进油罐儿里。我不算强实人，干活不强，忙活来忙活去能碾个一斤来杏仁油就很满足、很欣慰了，因为下半年一家人有油吃了！

最要命的是盖房。当时盖房除瓦片必须掏钱买外，其他材料都要用力气、用劳累去换。扎根基的石头用牛车拉需要八十到一百车，我和家人要从河滩一块儿一块儿地撬、一块儿一块儿地扛；墙是土墙，下半截要拉土夯起来，上半截和前檐墙需五千多块土坯去垒起来，我不得不学会打墙脱坯；盖房的木料需要上山去伐，春天给生产队请假到浅山砍房椽，冬天下了雪，趁生产队停工到深山砍檩条，不管春天还是下雪天，那都要在山里露宿三五天的，过的可是野人般的时光啊，而后再求爷爷告奶奶寻人把木料运回来……再就是请工访匠地盖房啦。盖一次房那可不是光脱几层皮的事，是要半条命的；也不是光欠半世的经济债，是还要欠一世的人情债的。1974年和1983年，我不得不两次拔宅盖房，吃的苦、受的罪非言语所能形容！

从学生到农民的蜕变也是要有阵痛的。干农活的窍道是从苦从累中熬出来的，绝不是农活不用学、人家咋着咱咋着那么简单。脊梁的皮晒脱了一层又一层，肩膀磨烂了一次又一次，手打泡脚皴裂，终于学会了担麦挑豆，学会了扬场搭垛，学会了扬鞭驾车，也学会了犁地耙地、摇耧撒种……

说句良心话，那时候啊，真的穷，真的累，也真的苦，但没有沮丧，没有失落的泪水和进退无措的迷茫和纠结，鼓胀于心的只有挑起生活重担的信心和勇气。现在叩问当年，为何能吃苦不诉苦、以苦为乐、以苦为荣？那是因为青春期的我和知青群体一样，始终沐浴在毛泽东思想的光辉下，一切听从党召唤，哪里艰苦哪安家早已融入我们的灵魂，加之有两年"文革"经历垫底，心中激荡的是"四海翻腾云水怒，五洲震荡风雷激"的激情以及主动接受贫下中农再教育、彻底改造世界观的决心，在"反修防修"的考验和磨砺中，一切苦都有了神圣的光泽。

二、无悔青春中守望理想，艰难困苦中铸就辉煌

也许正因为我是知青，且是个有理想的知青，大队、公社、整党工作队发现并选拔了我，1972 年 2 月 25 日，我加入了梦寐以求的中国共产党，从这天起一直到 1979 年的 9 月 4 日，我在大队干了近八年的党支部书记。那是自力更生、艰苦奋斗的八年，是改天换地、奋力拼搏的八年，是无私奉献、无怨无悔的八年，也是苦难辉煌的八年啊！

面对家乡那岭秃地坡沟壑深、穷山恶水低产量的穷困面

貌，我竟没有畏难，心中澎湃着的是出大力、流大汗、战天斗地的激情，立誓要发扬革命前辈在革命战争时期那么一股劲、那么一股革命热情、那么一种拼命精神，横下一条心扎根农村、铁心务农，为改变家乡面貌奉献自己的青春！

我按自己勾画的蓝图，克服着重重阻力和物资极端匮乏的诸多困难，艰难而又如愿地打响了一场场改变自然条件和生存环境的战斗。我组织和带领广大干群在兄弟大队的协助下建起了柴沟水库；为了引水库水，在龙潭洼架设了跨度五十米、高十八米的石拱圈渡槽；在东坡的半腰逢沟架渡槽，遇岭凿隧道，开挖浆砌了十华里长的盘山石渠，扩大水浇地二百五十九亩；平整土地（搞大寨田）一百八十亩；粮食产量由原来的十九万到二十万市斤，到 1978 年已达四十五万市斤，较前翻了一番。另外，南坡栽种苹果一百五十亩，西坡绿化千亩以上，父老乡亲早已受益，村里最先盖起楼房的就是果园的承包人。同时，我从公社到县里"煽风点火、上蹿下跳"，筹措资金十万元架设了高压电线，开辟了家乡点灯不用油、打场磨粮不用牛的新时代；还架桥修路，一扫山村不通汽车的封闭局面……可以无愧地说，为了改变家乡面貌，我呕心沥血，奉献了自己的青春和才智。当时大队情况复杂，班子成员又大都是土改时期的老党员，文化水平不高，眼光、胸怀、理念都与现实有反差，因此，每一场战斗、每一项工程，从策划、发动到实施，我既在后台又得到前台，既当导演又当演员，既是工程师又是施工者，还是监工头。八年里，我发挥着知青的优势，把知识用于实践，大队建的所有渡槽、桥梁、隧道、涵洞、道路都是我亲自勘查、自己设计的。为了把"只能挂住神主，安不住献供"的陡坡地平整成旱涝保收的"大寨田",我去县水电局借来测量仪,白天带人逐块测量,晚上我连夜算出数据,次日再到现场给每个测点插上竹签,标注挖多少还是垫多少。而后分活,开动员大会组织上马。八点上工,我作为主帅是七点半前准时到场的。三九寒天,清晨那凛冽的寒风中甚至雪花飞扬里,我一手扛着镢头(我也要干活),一手提着马蹄表(迟到了要扣工分的),一脸肃然地站在田头,背着工具推着车子的社员们看到凛然的我谁还敢迟到,人流汹涌争先恐后地奔向工地,一场场平整土地的人民战争就是这样打响的,天天、月月、年年……

　　开挖十里东渠那是颇费周折的,因为渠线太长,土渠渗水厉害,水库的水根本无法引到下游。我决心砌石渠,可光石头就得五千来方,全大队男女劳力仅三百多人,平均每人得摊十多方。这么多的石头从哪里弄?即使弄到石头,往水渠工地又不通车,石头都能扛去?再者,沙子、水泥、水又都怎么运?钱又从哪里来?面对诸多困难和巨大压力,连班子的同志都缺乏底气。关乎全局性的决断,坚决果敢是一个卓越领导者必备的特质。全大队的动员大会是在晚上开的,我主持、我主讲,一散会我就提着马灯、背着撬杠,携家人到沟里撬石头几近达旦,我知道,只有我的行动才是最有感召力的动员令。那些天,我硬是把石头一块儿一块儿从深沟里扛到了指定的东坡工地,我一个人足足扛了二十三方啊,超额完成了生产队分给我家的任务。社员看干部,带头人的表率作用是巨大的,那些迟疑畏难者谁还敢怠慢,如期验收时,奇迹出现了:全大队全部完成了备石任务,竟没有一家落下。浆砌石渠的日子里,我每一天在十里长渠上起码要走两个来回，督查、监工、指导，发火发怒、发号施令、软硬兼施、鼓励鼓劲。长期的饥饱劳困，我得了胃溃疡和十二指肠溃疡，我又不可能放弃工作，只得用锨把顶住心口坚守在工地。东渠竣工，水库的水流经蜿蜒的十里长渠，千年的旱地第一次被活水滋润的时候，一切的辛劳和病痛都在汩汩的流水声中消融殆尽了！

为了实现改变家乡面貌的宏愿，为了我钟情的父老乡亲，我悲壮而自豪地坚守在大队支部书记的位置上，有两次华彩的离开机会都被我毅然决然地放弃了——当支书那么忙，可公社还要不时地给我另派写材料的任务，公社张振龙书记到县、到洛阳地区的典型发言大都要我写，兄弟大队（涧门、寺上、东村、高湾、砚凹）上报到县以上的经验材料，公社也要我去写。都是我手中的烂笔头惹的祸。1975年秋，县供销社主任韩应祥专意给我个招工指标，点名要我去当秘书。县委书记高少芳点头同意；公社党委专门研究决定：不耽误我的前程，同意忍痛割爱放我走；公社供销社主任张东方到家催我说，赶快上任，工资册都造了；亲友也大都劝我走，不忍心让我在村里遭罪。可一拨拨的乡亲涌到我家，说着各种理由不让我走。我有自己的定力：我不会走，我不能走，我心中那彻底改变家乡面貌的蓝图还没有完全实现；我的理想是要立志当邢燕子、薛喜梅式的知识青年，要当陈永贵式的农村带头人。我特意给县委高少芳书记写信表决心说，我要扎根农村铁心务农，誓当学大寨的真扎根派，为实现农业机械化、建设社会主义新农村贡献自己的一切！我回绝了各方的好意，决绝地留了下来，并赋诗明志挂于堂屋以自励：

迷恋山乡风，欢悦农人情。

扶犁耘晚霞，舞锄迎日升。

汗水涤污垢，雨霜锤心灵。

谁道耕者苦，岂非干革命？

　　1978 年高考，是我离开农村的又一次机会。我可以大言不惭地说，凭我的实力，我完全有可能走进大学的大门。但，对所有同学故交、亲朋好友的鼓动和撺掇我都无动于衷，我的心思仍痴迷于家乡这片热土：我要盖学校，我要搞自来水，我要办企业，我要把家乡建成像大寨、刘庄一样的社会主义新农村……此时此刻，豪情满怀的我怎么会为了一己私利而放弃理想一走了之呢？

　　然而，1979 年 9 月 4 日 14 点 40 分，公社大会上，公社党委传达上级文件说，"文化大革命"以来入党的所有党员统统停止组织生活、接受审查……至此，我改变家乡的蓝图、心中的万丈豪情都湮没在政治的尘埃之中，空留不尽的唏嘘和惋恋。

　　当支书的八年是我透支生命的八年，我没有睡过囫囵觉，很少吃上应时饭，超负荷的辛劳而得的贫血、胃溃疡和十二指肠溃疡等病痛折磨着我，几次疼倒在大寨田上、石渠工地。那也是毫无杂念、纯粹的八年，我一心扑在集体的事业上，几乎没管过家务，可以说，给家里连担水都没挑过，连担尿也没往自留地送过。把大队的一草一木都当成我私有的去呵护，我用心血网罗来那么多的水泥、白灰、建材……我没用过一星一

101

点。当支书那么多年，家里连口箱子都没有，连个小板凳都没有置买过，更不要说柜子之类的大家具了，安放衣物的只有几只烂纸箱，一家人睡的还是竹席子，连块床板也没有……

朝花夕拾，那段岁月，用当下的理念去诠释，那是百思不得其解的幼稚和愚钝。但我一生钟情那段历史，我为独特的青春价值而骄傲，我为坚持不懈的理想追求而自豪。那时的无私、虔诚和纯粹，正是一代知青人永远引以为耀的、弥足珍贵的，将永远令后人崇敬。若问当年何以能在磨难中不折不挠地奋斗、在栉风沐雨中坚韧不拔地前行、在疼痛磨砺中无怨无悔地奉献，答案是铿锵豪迈的——因为我们知青的世界观是在《国际歌》里铸造的！虔诚的共产主义理想永远是我们一代知青人不懈的追求！

三、嗜书苦学塑造人生长相，隐忍向上攀爬精神高地

嗜书苦学是我们一代知青人流淌于血脉的癖好。这不仅仅因为诗书非药能医俗，也不仅仅因为有读书是尊贵的最低门槛，最重要的是读书能使生活诗化，读书永远是砥砺前行的有志向者滔滔不竭的精神之河——那丰沛的涌流浇灌丰润着我们精神的园地，促生大写的人生之树，成就硕果累累的丰彩人生。因此，不管是事务繁杂之时，还是劳碌困顿之境，我都一以贯之地坚持读书学习，从不懈怠。

在家乡的黄坡厚土上犁耧锄耙的耕作中，我也是要带本书的。我的青春伴着"改天换地"的雄心壮志撂在了水库工地、大寨田上、开山凿渠的战斗中和修路架桥、造林种果的火热现

场，如此紧张劳碌的岁月里，艰辛和疲惫都没能泯灭我学习的热情，除其他书刊外，《人民日报》《河南日报》《参考消息》我也是每天必读的。月终，我会把三份报纸装订成册妥善保存。几十年过去了，当年我读过的报纸已高可等身，至今我仍宝贝般珍藏着。

正因为嗜书苦学，1979 年末，公社让我到社办高中当代课教师，像粉笔末洁白而没有油水的工作一干就是三年多。我苦心孤诣地给莘莘学子注入知识能量、树立他们的人生目标、培育他们的精神长相，但代课教师的酸楚和屈辱像潮水一样不时冲击着我。我抗争般地浏览于学海书山——陪托尔斯泰一块儿去品味安娜·卡列尼娜的幸福和不幸，与雨果一块儿去架构具有强大现实批判力量的《巴黎圣母院》，与保尔·柯察金一起研究《钢铁是怎样炼成的》，与孙悟空一块儿大闹天宫，与《水浒》的造反英雄们路见不平一声吼，也和林道静讨论青春的意义，还到《红岩》中去凭吊革命先烈……与罗贯中、莎士比亚等中外文学名人的神交，激发我身居陋室秉烛疾书，用笔端抒发内心的情愫和追求，营造虚幻的憧憬来调剂苦涩的生活，来宣泄伏枥的无奈和不甘。终于，苦心人天不负，有志者事竟成，三十六岁那年，我手持恒韧苦读之剑，敲开了新乡师专的大门，刻苦之神陪我读完了两年的中文专业，完成了从农民到干部的身份转换。在以后的从政岁月里，猬集的政务也没能消减我读书的爱好。退居二线后，我愈加嗜书如命，读书几乎成了我生活的唯一，到了天天手不释卷的程度。除阅读政治、历史名篇外，我还虔诚地朝圣着文学——历届的茅盾文学奖、鲁迅文学奖获奖作品，我都要网罗来逐本研读；20 世纪

80 年代初问世至今的《中篇小说选刊》《小说选刊》等著名刊物，我年年订、期期看，连增刊都几乎一本不落，每年的读书量在五百万字左右，让自己的灵魂畅游于喧嚣的文字之中，不知老之将至。我痴迷地读书，沉湎于写作。我不同流俗，愿做另类：不在麻将桌上乐此不疲，也不张牙舞爪地锻炼以期长寿，我把当下当成未来来珍惜，驾驭着文字孤行于精神的海洋，用笔宣泄真挚的感情，淋漓尽致地抒发心灵的呐喊，犀利地揭露丑恶和龌龊，满怀情致地抒写着灵魂的真挚独语。我已整理出私人档案式的杂文集《岁月如歌》（上下册），出版了两部小说集《残缺》和《不仅仅为爱》，作品多次获奖，我也成了河南省作家协会会员，圆了作家梦。

斗枢暗转，更深夜阑，静坐书房，我把月色倒进杯里慢慢呷着，凝视壁上那"松风摩剑气，竹月读书声""腹有诗书气自华，笔下人物皆同心"的条幅时，我更真切地感悟到：从某种意义上说，一个人精神的发育史应该是他本人的阅读史，一个人的精神境界取决于他的阅读水平。此刻，天地容我静、宠辱心不惊的恬淡和从容会油然而生，把人带进超凡脱俗的大美境界。

一生中多少困顿、多少灾难、多少磨砺都没有停止我爬坡的脚步，一个重要的原因就是，我不断地刻苦读书，与时俱进地充注能量，不会因少知而迷、不知而盲、无知而乱。读书使我愉悦了身心，沉湎于浪漫，忘却了感伤，寻觅和把握住生活的真谛，修炼自我的气质风范，用知识塑造自己的人生长相，永远地守候着自己的精神高地！

四、开拓进击谱华章，初心不改成正果

明知山有虎、偏向虎山行的青春岁月成就了我的深邃和沧桑，嗜书苦学给了我腹有诗书的虚名和光环。离开大学就踏进了洛宁县整党办的大门，十个月后，就任全县最大乡——赵村乡的乡长，四个月后任乡党委书记，一干就是三年。而后，回县先后当计生委主任、卫生局局长、教委主任（教育局局长）。

我警觉地规避功利性的权力喧嚣，尽力抗拒伪善的潮水的冲刷，机警地躲闪前路的暗礁和陷阱，清醒地把握事业的大局……着眼战略出思想，立足本职搞创新，睿智布局创辉煌，通过竭忠尽智超负荷工作，无私无畏攻坚摧垒，舍家忘命开拓进击，殚精竭虑向善向上……尽管压力如山、险象环生、冰火交错，我所主政的单位都走得一步一台阶、一步一华彩。我自觉功德圆满，原因在于两点：一是初心不改——作为共产党员的我，自觉保持我党先进性，自觉坚持为人民服务的宗旨，自觉坚持马列主义、毛泽东思想，自觉践行共产党的最终理想；二是作为高中六六届的知青，本就具有攻坚克难、勇攀高峰的实力和能耐！

鱼鸟各飞沉，青山无古今。不管时代如何变迁，知青这一用青春、激情和热血浇铸的时代符号，都将给人留下不尽的话题：有人说，知青生活是一段伤痛的历史，知青是与幸运永远隔窗相望的倒霉群体——长身体的时候遭遇三年困难时期，教育深造的时候上山下乡，谈情说爱的时候晚婚晚育，结婚生子的时候只准生一个，施展才华的当口追求学历文凭，上有老下

有小的艰难关头失业下岗……是啊，多少失落的泪水、多少隐忍的愤怒、多少不平造就着一代知青的悲喜人生、苦乐年华！

但，用浪漫主义情怀去诠释知青之路、知青群体，我因作为知青而感到幸运，我因作为知青而倍感自豪。因为知青是和新中国同行的一代人，他们既经历了东风浩荡激情年代的洗礼，又受到了西风劲吹市场大潮的冲击，他们阅尽红尘百态，尝过世间百味。因此，他们有无可比拟的挑战压力、征服困境的勇气和力量，他们有不惧艰难、乐观豁达、勇于拼搏的时代特质，他们能在磨难中坚强挺立、能在挫折中不屈前行，怎不幸运?！怎不自豪?！

回望来路，我蓦然发现，知青们当年的曲折和坎坷竟是他们人生浪漫的阶梯，苦难苦涩竟是他们人生豪迈的基因，血色的经历竟是他们人生华彩的底色。

试问，他们何以能在人生的长征中愈挫愈勇，不屈前行，斩关夺隘，抵达精神的圣地？最最重要的原因是，他们是毛泽东思想武装起来的一代人，崇高的共产主义理想令他们心中装着革命和人民，唯独没有他们自己，面对一切艰难困苦他们都能下定决心、不怕牺牲、排除万难去争取胜利！再者，他们是那场史无前例的"文革"亲历者，也史无前例地令他们政治早熟。他们能泾渭分明地辨别是非，他们的身心也注入了一种抗体，令他们在任何环境下百毒不侵！

时光飞逝，当年意气风发的知青，都进入迟暮之年。我站在人生"古来稀"的里程碑前回望来路，我看到在共和国成长的道路上，知青大军正磅礴成阵、汹涌而来——

他们的歌和《国际歌》同律同调，高亢振奋，浑厚深情，悠远激荡!

引领他们的猎猎红旗是共产主义理想的大旗!

看,他们脚步铿锵地走过来了,他们正把中华民族的精神境界带到一个风光无限的高峰,令后人永远仰望!

听,共和国的天宇正回响着他们那振聋发聩的口号声——

风景这边独好!

2016 年 10 月 29 日深情作于洛阳勤政苑

2019 年 8 月 26 日又改

我们的悲哀

——悼念李麦武贤弟

一

一方湛蓝明净的天空，一片洁白如纱的轻云，一座奇伟俊秀的嶕峣山，李麦武就是从这不墨而画的地方走出来，一直走到了县城。而今，他又从县城回去了，从此永远融入生育他的山的叠嶂、峰的峥嵘、水的灵秀、地的淳厚、林的葱茏之中了，永远，永远……

死亡率按千分之六计算，洛宁县五十万人口中每年死亡人数不下三千人。唯独李麦武死了，几天来，微信上悼念文章不断，一片惋惜，一片唏嘘，一片伤痛，一片悲哀！

二

生、老、病、死乃人生常理，正如庄子说的："古之真人，不知说生，不知恶死。"意思是说古来睿智之人不会因拥有生命感到多么可喜，也不会因死亡的到来而感到多么可怕。李麦武是个有知识的读书人，想来他应该明白这个道理的，他不惧怕死亡。

李麦武出殡那天我特意赶去给他送行。问，开追悼会吗？说，不开了，他还有一个八十多岁的老母亲哩，不敢叫她知道。

我在李麦武的灵前向他三鞠躬进行最终告别的时候，一个披麻戴孝手执哭棍的半大小伙子跪地回礼，有人说这是李麦武的儿子，还没结婚哩。

一个人的生命之灯，油枯而灯灭，那叫寿终正寝，属于喜丧。可李麦武只有五十四岁啊，正值人生的盛年，上有老下有小，责任未了，英年早逝，白发人送黑发人，能不悲哀吗？

三

李麦武是个文化人，他一直践行着自己的人生准则："白云当纸，翠竹当笔，吟唱生命的如歌行板，将五彩生活挥洒成阳春白雪的诗句，溅出一支支无调之歌，将人生化作高山流水的音符，把大写的'人'字写好，把文学的路走好。"

2008年11月，李麦武为文二十余载的集子《春梦有痕》由大众文艺出版社出版，2009年3月26日，他专门给我送了一本。当时，我只是粗翻了一下，没有细看。这几天我特意研读，内心波澜起伏——因痕寻梦，我蓦然发现李麦武不仅是个追求博大崇高境界的人，而且是个具有万千情思、浪漫情怀的斯文人。《美文》中：望星空，心如箫；徜徉春日，诗情如流击叩心壁，独坐黄昏闭目神游；为伊人他小屋里等待，送你在仲夏，为了心灵之约梦断午夜，等你在雨中，别你在隆冬……或邂逅、或守望、或情殇、或蓦然回首梦里寻你千百度，都使作者的心湖因泪水恣肆而漫漶为汪洋了。"我心依旧，我情依然，我意如故"，《美文》融情于理，追求缪斯；《散章》则记述其心路历程，透泥土芳香，沐海潮山韵，映时代光影。一句话，李麦武是个多情多才，求真向善，力争让心灵走向澄澈、走向高远的人！

利山欲海的当下，残酷的丛林法则之中，一个难能可贵歌颂柔肠百结、歌颂恻隐情结、倡导求真向善的人走了，能不悲哀吗？

四

在洛宁的文化人中，李麦武是个写赋的高手。

《嶕峣山赋》《游故县水库赋》《神灵寨感赋》《蓬莱山赋》《谒昭君墓园赋》《洛宁赋》《翠竹赋》《牡丹赋》《白酒赋》《瑞雪赋》《滨河公园赋》等等等等，不管是家乡的山川河流，还是游历之处的名胜古迹，不论是风花雪月的实体实物，还是情系千古、思接百代的灵魂之旅，李麦武都能提笔成赋挥洒而就，可见他胸中深厚的才情、妙笔生花的能耐。

洛宁这个写赋的人走了，谁还和我们神游洛宁大地，饱览"永宁八景"：穿柳荫听水潮，看洛浦晴舟；听金门竹韵，赏天籁清音；茂林丰草中，沐凤翼秋风；登高听龙头夜雨，探秘嶕峣仙踪；研究玄沪灵书，揽大观胜概，看香泉雨霁。写《滨河公园赋》的人走了，当我们再次徜徉洛河堤岸，看长虹卧波、花簇草郁、岸芷汀兰、柳竹拂风之时，还会有先前那潮平两岸阔、风正一帆悬的旧时豪情吗？

写《洛宁赋》《滨河公园赋》的人走了，谁还能令洛宁成诗、令滨河成画呢？我们能不悲哀吗？

五

李麦武首先是个教育者，他是教师中的才子。

他从崤峣山下那散发着泥土芳香的田畴走来，带着满身的槐花，怀揣着事有所成、业有所创、心有所属、情有所钟的理想走进了洛宁县教育局，干着辛苦的文秘工作。

我主政洛宁教育时，麦武对我的思路是理解着、合拍着、紧跟着、努力着的。

不管是宣传"党以重教为本，政以兴教为先，民以支教为荣，师以从教为乐"科教兴国、教育先行的理念，还是对教育重要性的直白疾呼"洛宁的山民之子要走出洛宁的大山、走出洛宁的黄土地，必须由我们教育给他们发路条、发通行证，让他们踏着我们的肩头去敲开大学的大门"；不管是强调洛宁教育的工作重点——"悠悠万事唯高考为大、唯高考为重、唯高考为先"，还是弘扬洛宁"普九"精神——"负重搞'普九'，负债搞'普九'，舍家搞'普九'，舍命搞'普九'"，"普九"攻坚志在必夺；不管是在全县教育系统开展"讲稳定、讲纪律、讲竞争、讲奉献""爱业、勤业、精业、创业"的"四讲四业"活动中，还是扬师德、铸师魂、倡师风、规师行，塑造师者风范的教育中……李麦武都是手握笔头，青灯黄卷，殚精竭虑的。

一个为洛宁教育鼓与呼的人走了，一个歌颂教师一片冰心、两袖清风、坚守三尺讲坛潜心育人痴心不改的人走了，一个根植黄土、情系河洛、高举人类圣火、俯首教育事业的人走了，教育系统那些过着像粉笔末一样洁白而没有油水生活的同人们情何以堪，能不悲哀吗？

六

李麦武是个山里娃，是个文化人，是个教育者，在丛林法则主导的生活中，这三个标签都是弱势的代名词。

如果传言不谬的话，我要埋怨了：憨子啊，你不是官二代，也不是富二代，你也想去捕捉利益之鼠？想当黑猫还是想当白猫呀？

市场经济的大潮汹涌澎湃，那散发着铜臭的旋涡折射给人的却是灿烂诱人的光焰，一个文化人那可怜的浪漫如何能应对了它的险恶？那利益的陷阱把阴险、邪恶、无赖、凶残统统掩遮后，给人的却是充满馨香、绽放着鲜花的片片绿茵，一个循规蹈矩的教育者如何能够洞察其凶险？当人与人之间只剩下利益和欺诈的时候，一个纯朴的山里娃将何以自处？

老天爷啊，是你戕害了一个文化人，是你辜负了一个教育者，你到底要干什么?!

生活啊，是你捉弄和坑害了一个山里娃！

如此，天理何在？道德何在？良知何在啊？

我们能不悲哀吗？

七

洛宁一个文化人走了，一个教育者走了——

文化人仙逝，洛宁文坛失大匠；教育者夭去，竹乡教苑少哲人。

诗韵文胆无奈生活辛痛可惜可叹，才情琴心奉献教育事业可敬可嘉。

斯人杳杳，天上人间，阴阳两界，从此隔绝，能不悲哀吗？

八

几天来，我时不时地恍惚着：李麦武老弟真的走了吗？

那黑色的挽幛，那掩映坟头的白色花圈告诉我，他真的走了！嶕峣山峰巅的长风当哭，嶕峣山脚下的奔流呜咽，都说他真的走了！

李麦武啊，为了一个文化人的斯文你决绝地走了，为了拷问一个教育者的良知你竟不管不顾毅然而去，去到你赞美、憧憬的嶕峣山下的白云生处，你解脱了吗？但愿！但愿你能安然地朝听百鸟啁啾，暮观流云飞瀑，晴天依树听流泉，雨来静卧枕松涛……

你将永远融入你那故园的青山绿水、岚气氤氲之中，你不悲哀了吗？

我们，我们将永远悲哀着！

我们能不悲哀吗?!

2017 年 5 月 15 日 16 点 40 分于洛宁

立意新颖，境界高绝

——重读秦观的《鹊桥仙》

七夕将临，重读秦观的《鹊桥仙》，别有一番滋味在心头——

秦观，是婉约派的一代词宗。公元 1100 年 9 月 17 日，他走完了五十一岁的人生旅程。九百一十七年来，他因他的诗词而成为中国文学天幕上一颗明星，光耀着人们的情感世界。

牛郎、织女的爱情故事，流传颇为久远，文人墨客以此赋诗填词者甚多，但基调皆不出愁苦哀怨、离愁别恨。然秦观的《鹊桥仙》却一反前人俗套，自出机杼，立意新颖，境界高绝，写出了冰清玉洁之景、表里澄澈之美，读之令人回肠荡气，吟之则韵味隽永——

词的上片写佳期相会。

纤云弄巧，飞星传恨，银汉迢迢暗度。

以举首仰望的角度观望海空澄碧的夜空——淡云轻风，群星闪烁，秋空晶莹澄澈，寥廓明静。细长柔美的纤云，缕缕如丝，浅淡若絮。那飞逝的流星不就是织女手中的金梭吗？可勤劳手巧的织女织杼着璀璨的彩霞云锦，而自己却终生孤寂，金梭来往，消磨着她的韶华，恨、怨、恋、嗔皆融进小小金梭之中。此句写景，实在写情。

河汉相隔，欲语不得，一年一度，七夕暗渡鹊桥，使一对含恨终生、备尝离别之苦的情侣终于相会。

　　金风玉露一相逢，便胜却人间无数。

此句为词人议论，但并不突兀。罪恶势力，把一双爱情真挚专一的男女分隔于盈盈一水的两边，备受相思之苦，难得一年一度七夕相会，更显珍贵。相会又在金风玉露、冰清玉洁之时，衬托出主人公心灵的纯洁高尚，那些朝欢暮乐、日日厮守而并无真情实意的薄情男女，又怎能和牛郎、织女的"相逢"相提并论呢！

下片写的是依依惜别。

　　柔情似水，佳期如梦，忍顾鹊桥归路。

以有形的流水来比喻无形的、不可名状的情思，让人格外感到爱情的温柔、缱绻。然而情愈深，愈感韶光苦短，一夕佳期竟像梦幻一样倏然而逝，生离之苦如是！那种如泣如诉、流连顾盼、含情脉脉的惜别情状已使人心碎，作者又以"忍顾鹊桥归路"将情感进一步深化。那借以相会的鹊桥转瞬即成离别的归路，岂肯忍心回顾！一个"忍"字，把那悲恸欲绝的心情表现得淋漓尽致。主人公情感已达高潮，而作者对主人公的同情、惋惜也达到无法遏止的地步。

　　　两情若是久长时，又岂在朝朝暮暮。

　　秦观不愧大家手笔，他并未以凄婉、低沉的情调作结，而是笔锋突转，另辟蹊径，以高尚的精神境界，迸发出"两情若是久长时，又岂在朝朝暮暮"的千古名句，真可谓点睛之笔啊！词人在对牛郎、织女纯洁的爱情、高尚的情操、晶莹澄澈的品格的赞美中结束全词。

　　此词写景并不如何突出，倒是议论成为脍炙人口的名句。但并无说教之感，而是析理精辟，格调高绝，墨气四射，力透纸背。此词道出了爱情真谛，字字珠玑。落地若金石声的警策之语，正是此词流传久远、历久不衰的关键所在。

　　重读此词，沐浴在艺术享受之中，受到美感教育外，对那些生活中以及所谓的爱情中的丑恶乱象，也是无情的针砭、不屑和嘲弄。

2017 年 6 月 27 日于洛宁

花儿为什么这样红

——又上砚凹桃花岭

2018年3月31日下午，次女驾车，一家人又上了砚凹的桃花岭。

一路急切，一路明媚……

伫立塬顶，在明丽春光的拥抱中放眼山野，奔涌而来的是生机勃勃的清新和茁壮挺拔的力量——五彩斑斓的原野山坳像一位酥胸诱人的丰腴少妇，正以她的万种风情激励和蛊惑着如织的游人扑向她的怀抱，给人以显性或隐性的宠溺。那墨绿色的麦田以肥厚和茂盛的姿态，静水深流般地孕育着夏季丰收的歌谣；错落的油菜田花开正闹，那种黄呀，黄得比金色灿烂，比杏黄绚丽，是那种撞击心胸的震撼，令人产生匍匐沉醉感觉的黄色啊。是玉皇大帝宝座上飞落人间的那块锦缎，还是从七仙女项上飘落的那款霓巾？桃树已千棵繁华、万枝烂漫，冬桃花朵粉红，寿桃花开紫嫣，成片成片的桃林狂艳嚣张于各个岭脊，宛若云霓落霞。

置身如诗如画的山野，沐浴温暾的春晖，给人以复杂的生命感觉：原来春天是能给人无边无际的体恤和慰藉的，灼灼的

118

暖意给人血肉膨胀的愉悦，春天大地的壮美和华彩催生爱的泪意，还有那特定的、莫名涌起的淡淡思念和温馨记忆，以及无限的憧憬及怅惘……面对和风暖日中的秾桃艳李，不由产生一种强烈的吾心翩然起舞、破茧成蝶的飞扬感，如临一场释放和升华灵魂的仪式，在神圣和大美的震撼中产生梦也非也的恍惚，半梦半醒着进入仙凡两界之地，在春光的绚烂中猝然产生向大地跪拜的冲动……

真是个大抒情的场面啊——在心旌摇曳的芬芳中，那明艳陆离的桃林、醉人心脾的油菜花丛、绿波潋滟的麦田……无处没有裙袂飘举，无处没有黛青粉艳，无处没有天然情趣，无处没有巧笑嫣然。

看，那花蝴蝶般的孩子们闹得多欢！甩掉了冬衣的束缚，似乎一下子解放了，在周日春阳的爱抚下，迸发出无穷的欢悦。他们头戴花环撒欢般追逐嬉闹，发出一声声的尖叫，疯过了，又蹲在花丛中两手托腮扮娇羞状，向大人卖萌。

撩人眼球的是那一簇簇、一群群的少男少女，他们发誓要与桃花媲美，尽情展览自己的青春：裸腿光背、粉项耸胸、浓眉血唇、墨镜曳巾，他们把葆有青春的优越感当成有格调、有品位的生活来享受了，肆意地泼溅生命的欢乐。他们在花海中摆着各种姿势——有的临水照花，有的铿锵玫瑰，有的做细语呢喃的小鸟依人，有的拥花入怀做护花男神，一会儿做焚花散麝的情殇状，一会儿又做赌书泼茶的情浓态……举起手机，或自拍或互拍，恣意豪迈地一点，通过微信、微博、直播平台、社群部落进入精神产品的自由市场，期盼着一夜之间红遍天涯。个个神气活现，个个意得志满，真的收获了甜蜜的爱情？

真的有成功的事业做靠山？真的有美满婚姻的港湾？真的赢得了自尊高雅的生活？生命苦短，青春易逝，管它呢，管它命运中的风吹草动，且行且享受，趁青春尚好，先收获他人艳羡的目光才是，青春不就是一顿酣畅淋漓的快餐！

那些大叔大妈级的游客倒显得从容和恬淡，兴趣清浅，情绪安然，给人以异类感。置身花海，却无视当下对他们的暗示，不时寻觅于边沟地堰，用带来的小铲专注地剜着白蒿、黄黄苗、面条菜、荠荠菜，即使拍个照，也是显得物我两忘的沉静和风轻云淡。也许他们和我一样，前半生就是背负青天、面对黄土、犁耧锄耙、栽桃种果的农民，或者是把青春撂在了广阔天地的上山下乡的知青，也许他们是刚从创造过奇迹的职场退休的圆满者，曾经沧海难为水，今天来赏花踏青也是被晚辈们为彰显自己的孝心而强拉硬拽来的，不过是满足儿孙们的道德需要而已。激情岁月的无私奉献、求职之路的屈辱酸楚、下岗失业的自尊崩塌、赡老扶幼的饲虎之痛、呕心沥血的拼搏之殇……多少风口浪尖，多少山呼海啸，多少剔骨抽筋般的痛楚都已被岁月催眠，生活的八卦炉早把他们炼成了金刚不坏之身。他们再没有了对明天梦想的执着，再不会对生活哭闹撒娇，见怪不怪，淡定如水，"竹林茅舍自甘心"，只一门心思笑着活下去了。

也有富人。看，一个肥得让人担心的年轻人经过大叔大妈的族群，年轻人脖子上指头粗的金项链和臂弯间桃花般的女人昭示着富二代的身份，臂上文的那尊财神成了与文化无缘的暴发户的标签。在人们的不屑中，只有一位大叔心里发生了淡定自若的坍塌，似乎怨恨自己遇人不淑，竟扯下遮阳帽发狠地抽

120

打自己的屁股。他是仇富恶俗，还是嫉恨社会不公？是见不得鼻孔朝天、目无下尘的狂傲，还是为富不仁曾挫伤过他的自尊？他的口型泄露了他心中的粗话：狗日的生活！

我发现了掩映在花树间的一干文化人。那位紫衣粉裤、墨镜彩巾的女士像是某电台的主持人，那位手端炮筒般照相机的是摄影协会的活跃分子，其他大抵是不时出现在网络平台上的似曾相识者。她们或浓妆艳抹、或清水素面，或名牌披挂、或布衣素裙，或激奋、或懒散，因都是文化殿堂的朝圣者，举手投足自然少了粗俗、多了意韵。她们的生活有的繁花似锦，有的枝繁叶茂，有的阴影斑驳，也不乏支离破碎者，平素于生活的夹缝中挥毫泼墨、赋诗作画、秉烛笔耕，抒发个人情愫，用海市蜃楼般的憧憬进行着自我安慰。不管咋说，有文化的生活总是有诗意的，起码能缓释生活沙漠的枯燥，今天的登高览胜，不就是梦想着春姑娘能垂以青眼？今天的徜徉花海，不就是在寻觅花叶葳蕤的心思？

我赞成人们的一个观点——古往今来咏桃花的文人墨客不胜枚举，但笔下显示的往往是独株孤枝、野杏家桃，少有蔚为壮观的桃林。杜甫《江畔独步寻花》，看到的是"桃花一簇开无主"；白居易《晚桃花》"一树红桃亚拂池……白侍郎来折一枝"，把桃花写得何等冷清和孤寂；刘禹锡"山桃红花满上头"写的是野桃；李白的"桃李出深井"、苏轼的"竹外桃花三两枝"，到凌廷堪的"一树桃花笑"，都写的是孤树独株的桃花；李贺那"桃花满陌千里红"也不过是对小路、田埂上的桃花的夸誉而已。千百年来，崔护笔下那位"人面桃花相映红"的无名女子，早已成为男人们的梦中情人，可崔护造访的也是长安南郊无名女子的家，院里能有几株桃树？

我遇见一位正在修剪桃树的老熟人，非常兴奋。20 世纪 70 年代，我在大队当支书时，他就是兄弟大队的干部了，十几年前因婚姻重组来到了砚凹村。他说眼下的桃林还是原来大队的地。规模种桃时，砚凹的支书是克让，他是老团干出身，现在卧病在床难以自理，村支书由儿子接替了。问及村里近况，他脸上的笑意板结了，他说村里还有六七十口人，都是老弱病残（我希望他说的不准确）。这里与我的家乡上陶峪地头相连，我熟悉脚下的这片热土。1972 年底，分布在九岭十八坡上的两千三百九十七亩土地养育着当时的一百六十五户七百三十九口人。为了改变十年九旱的局面，从 1970 年 8 月 7 日开工到 1972 年 9 月 1 日通水，砚凹人苦战两年，在伏牛山腰开凿了八千米的"幸福渠"。渠道绕过三十多个山嘴，通过"鬼见愁""送命崖"十几个险要工段，穿过七十余米的隧洞，翻过二百四十米的虹吸管，引列巴河水上山，有效地驱除了旱魔，谱写了一曲"自力更生创新业，艰苦奋斗改天地"的豪迈之歌。1973 年 1 月 3 日，我受涧口公社党委书记张振龙的委托，写了《胸中跃红日，引水上高山——记砚凹贫下中农开山凿渠的英雄事迹》通讯报道式的模范材料。当时的大队支书卫武胥，副支书薛书银，支部委员吉迷，共产党员兰丙辰、卫天中、卫石亮，转业军人尚中升，女社员王温，小青年孟学智、杨根玲等，他们或排险克难、或带病苦战、或身残志坚、或穷己捐献，都是当时令人感佩崇敬、有口皆碑的英雄啊！

我心里忐忑，没敢问这些英雄及其后人的现况，更没敢问当年体现愚公移山精神的"幸福渠"现在是否维护完好。

令我心情峰回路转的是，老熟人说桃花岭上又新修了水泥路，并一直沿着山脊延伸，修到了我的家乡上陶峪，与通往神灵寨景区的"涧神路"相连了。这无疑是当下涧口乡党委书记罗保现的手笔了，他是个能干事、肯干事、老资格的年轻书记，如能委以重任，定能创造出更大业绩。想到千百年来只能凭一根扁担务稼穑的荒僻山沟有了通汽车的水泥路，我倏然看到了理想、未来和远方，精神为之大振，心里为之大喜。

有人说权力决定一切，有人说路线决定一切，其实权柄是人执掌的，方向也是由人指引的，一个理想的领导人才是人民的根本福祉啊。"江山代有才人出，各领风骚数百年"，喜看万紫千红处，遍地英雄下夕烟！仰望伏牛山，一派雄心万丈的轩昂，满目的蝶飞羽散中，我看到了为这片热土奋斗过的一批批共产党人正笑语晏晏地走来，他们深情款款地抚摸着锦铺缎绣的土地，细语叮咛着永难割舍的温暖牵挂……那油菜花的灿若灼金，不就是他们精神折射的光华？那丹彩若霞的桃林，不就是他们心血浸染出的绝美？

我蓦然失笑：我重游桃花岭的急切，原来是心底那对寻旧的殷殷期待啊！如此怀旧，看来真的老了，在不少场景我自嘲说："我的青春从七十岁开始！"那豪情万丈的自信其实是由无奈和惋恋做底色的。日月更迭，亘古自然，韶华易逝，但戏不落幕。眼下春风骀荡，姹紫嫣红，待春去夏来，不就是另一番桃李满园、硕果飘香的景象吗？

我顿然产生一种醍醐灌顶般的感悟——

花儿为什么这样红？

因为，她孕育着希望。

一个人什么都可以没有，但只要有了希望，就可以活下去！

2018 年 4 月 7 日 8 时 23 分草就于洛宁翔梧路宅

话重叙家谱

水有源，树有本，人亦如此。溯根求源，不忘来路，乃人之常情、族之常理。因之，家乘谱牒应运而生。

段氏按人口数量在中国姓氏中排在第八十一位，占全国总人口的百分之零点二二，人数达二百七十多万。段氏宗族起始古远、源远流长。金文段字像手持锤在崖下凿石，右边是手拿利器砍山崖，左边表示被砍的山崖已经开裂，石块纷纷落下。另说：凡铸金为器必锤击之，故工谓之段氏，锻（古时段、锻同字）则其所用之工具也。段氏是以凿石打铁之职为图腾的族裔，右图乃段氏的图腾和族徽。

据查，段姓源出有五：

1. 源自共叔段，根源于姬姓，属黄帝的后代。春秋时郑武公的儿子共叔段的后代，以王父字为氏，衍为河南段氏。

2. 出自封地，为段干木的后代，以地名为氏。据《史记·老子列传》所载，老子之子宗，春秋时为魏国将领，受封于段干，人称段干木，后代有单以段为姓氏的。这为山西段氏的由来。

3. 出自辽西鲜卑族后裔。据《姓氏寻源》《辞海》等资料所载，西晋时鲜卑人的一个部落首领檀石槐之后人，叫段务目尘，被封为辽西公。其领地有三万家，分布在辽宁西部，族人多姓段。五胡十六国时被后赵帝石虎所占，后来与汉人杂居，遂被融合，后多以段作为姓氏。是为辽西段姓。

4. 云南段姓宗源有二。（1）据《姓氏寻源》所载："云南蛮段氏，魏末段延没蛮代为酋帅，裔孙凭入朝拜为云南刺史，本出武威（今属甘肃省）。"后传下这支段姓。（2）后晋时，白蛮人段世平建大理王朝（今云南省大理白族自治州一带），段姓为其大姓。

5. 出自其他有段姓的少数民族。潞西德昂族道普雷氏，满、蒙、土、苗等均有段姓。

段氏历经繁衍，人丁旺盛，家族宏煌，仕官累累，簪缨不绝，历史名人光耀史册。

段韶：南北朝时北齐姑臧武威人，累官至左丞相，封平原郡王。段随：十六国时西燕人，初为西燕大将，国内大乱之时被推为王。段业：西安人，十六国时北凉国君，初为后凉建康（今甘肃省高台南）太守，后为匈奴人所拥立，在位三年被杀。段规：先秦时期，曾以崇高的声誉而被韩康子礼聘为相。段干木：战国时魏国人，求学于子夏，与田子方、李克、翟璜、吴起俱为魏国才士。其潜学守道，不事诸侯，魏文侯敬重其为人而行轼礼。段会宗：天水上邽（今甘肃省天水）人，西汉时任西域都护、雁门太守等职，为人义气，受各族敬畏。

段孝直：汉景帝时举孝廉，为长安令，性刚直纯孝。段匹磾：晋时鲜卑人，建武初任幽州刺史，与刘琨联盟讨伐石勒，虽兵败至襄国，仍着朝服持晋书，后在国中被推为君主。段思平：五代时大理国第一世王，他出自白蛮大姓，原通海节度使，世为南诏贵族，公元937年，建立大理国。段安节：唐齐州临淄人，自幼喜乐善律，著有《乐府杂录》，记载开元以后的乐部、乐器、节目、演员等。段志玄：唐朝齐州临淄人，隋末客居太原，为李世民所赏识，遂从李渊父子起兵，因功封樊国公，后改褒国公。段文昌：临淄（今山东省淄博市）人，唐穆宗时为相，治尚宽静，文宗时拜御史大夫，封邹平郡公。段成式：文昌子，唐代文学家，官至太常少卿，其博闻强记，藏书甚丰，撰有《酉阳杂俎》，清人辑其诗文成《段成式诗》。段秀实：汧阳（今陕西省千阳）人，唐代司农卿，曾被叛将朱泚胁于军中议事，秀实以象笏猛击朱泚，遂遇害。段成己：绛州稷山（今属山西省）人，金代著名文学家，与其兄段克己均为当时享誉文坛、颇有影响之人。段兴智：为段思平所建大理国末代国君，后为忽必烈所灭。段玉裁：字若膺，号懋堂，晚年又号砚北居士，长塘湖居士、侨吴老人、江苏省金坛人，清代著名训诂学家、经学家。段祺瑞：安徽合肥人，原名启瑞，字芝泉，晚号正道老人，近代皖系军阀首领，曾任国务总理等职。还有湖南南县的杰出红军指挥员段德昌，曾任河南省委书记的段君毅，文学家段荃法……煌煌段氏名人辈出，不胜枚举。即使我谷圭段氏虽经岁月磨砺，仍遵遗风、扬祖德、强族兴邦、奋发图强。从政者，躬身为民，开拓进取，政绩卓著；从戎者，血性铿锵，保国卫民；从教者，坚守神圣讲坛，

127

用心血培育莘莘学子，赢得桃李遍天下；从商者，搏击商海，审时度势，富甲一方；从农者，勤劳隐忍，耕耘时光，收获希望……我段氏族人大抵仰有所事，堂堂正正，俯有所育，勤勤恳恳，无愧于祖宗，无愧于良心！

族之有谱，为的是敬宗收族、以教亲睦、察远近、别真伪、备遗忘、弘祖德、兴族脉。早在汉代，我段氏已有族谱，由都获公修撰，左丞相陈平为之作序，颂扬先祖治功令德，明晰家族繁衍子孙迁播。当下，段氏族谱在各级图书馆和社科研究单位收存达百余种以上，结构庞大，眉目清整，纲举目张。

正因谱牒可稽，方知我谷圭段氏始祖携二世祖兄弟六人从山西大槐树迁徙而来，穷其原因，不胜感慨唏嘘。元朝末年，民族矛盾激化，战乱不止，"兵戮河南，赤地千里"，已到"春泥归来无栖处，赤地千里无人烟"的境地。加之黄河决口、伊洛水溢，官署民居尽废，遂成中流；连年不断的水旱蝗疫肆虐，豫皖鲁诸地"道路榛塞，人烟断绝"，特别是河南孟津、新安、渑池等地出现"民食蝗、人相食"之惨状，致使人稀地荒，一片凄凉。为强国力、固政权，增户口、移民屯田已成中原急务。明洪武六年至永乐十五年，共从富庶稳定的山西大规模移民十多次。我谷圭始祖携二世祖兄弟六人正是此时辗转千里，告别洪洞大槐树，别亲离乡来到谷圭的，其凄惶艰辛不言而喻啊！六百多年过去了，时代变迁，流年暗换往来之人，我谷圭始祖战胜多少兵匪灾疫、苦寒饥贫，隐忍磨砺，饮痛茹苦，倔强生长，盘桓壮大，子孙已由谷圭绵延到大明楼、陈吴、中益、金山庙、孙洞、下峪北至、樊村、兴华、西山底亢凹乃至陕县、卢氏、嵩县、栾川、宜阳等地，蔚然而成根深叶茂、繁衍兴盛、人丁茁旺、家族庞大之势。

谷圭段氏辑叙家谱已有五次：康熙五十七年正月下浣，乾隆二十八年亚月上浣，道光十五年、宣统二年三月中浣，民国三十六年三月二十八日。最后一次叙谱距今已七十年矣。为防人去谱断，2017 年春，生成等人提出重叙家谱，段文明做了电脑输入等先期准备工作。2017 年 12 月下浣至 2018 年 1 月中浣，谷圭段氏十一门陆续把各自重叙稿汇集送达，继而由文明甄别并输入电脑。因年代久远、人事纷繁，疏漏谬误之处难以避免，望事实清楚者勘正之。

谷圭段氏家谱重叙稿，再经参阅、复详、辨微、校正即可取得阶段性成果，实乃可喜可贺！望我子孙后代珍藏如宝、谨慎存续！亦告诫我段氏后人要遵我遵纪守法、刚直本分之族规，弘扬耕读传家、勤厚传家、拼搏奋进之祖德遗风，穷则有志奋发向上，富而有德好仁济困，贵而能下恻隐众庶，修身齐家强族兴邦，以令我段氏宗族能与日倍兴，像高山之巍峨峥嵘，若江海之万世不竭！

2018 年 1 月 15 日 18 点 49 分拟就于

洛宁县城翔梧路宅四楼书房

不可磨灭的定格

——洛宁一高"老三届"同学离校五十年纪念册序

　　1968 年 10 月 23 日，洛宁县革命委员会在老城大操场为洛宁一高中的"老三届"同学召开了声势浩大的离校大会。自此，洛宁一高中的"老三届"人从母校这一非凡的起点举步进入社会，开始用青春芳华续写激情燃烧的流金岁月，用跌宕人生演绎气势磅礴的非凡篇章。

　　在离校五十年到来之际，为了满足大家的期待，为了维护这一历史节点的神圣性、严肃性和唯一性，特举办了洛宁一高中"老三届"同学离校五十年系列纪念活动。

　　阔别五十年的同窗挚友相拥凝咽，满面沧桑的同班同学执手言欢，定格为一帧帧撼魂动魄的煽情画面；"火红年代不忘初心"联欢晚会那激越锣鼓、悦耳唱腔溅起的欢声笑语、由衷掌声，将悠远回荡在"老三届"人的记忆天空；纪念大会上诸位文采飞扬、哲理精辟、现实中肯的铿锵发言，展示着"老三届"人的自尊自信、自强自豪，彰显着气吞长虹的气势和砥砺前行、忘我奉献的精神；"非凡的起点"赠言石的揭幕，表达了"老三届"人对母校的崇敬、期冀和眷恋，启迪着后来者继往开来去演绎非凡人生、去领略振兴中华的万千风光。母校的日新月异令"老三届"人振奋和欣慰；恩师的垂训和寄语令"老三届"人倍感亲切和温暖；酒宴上的杯盏交错、恣意纵情，诠释着"老夫聊发少年狂"的欢快和豪放……

这些刻骨铭心的记忆和与生命同行的美好，如何永久地珍藏在"老三届"人心灵的橱窗里？如何能随时间的流逝像酒一样愈加醇厚和绵长？于是，有了大家期盼中的这次活动的纪念册，用以淡化无情光阴那黑板擦的效应。

热诚毕竟代替不了水平，有不尽如人意之处，还望见谅！

借此，也对支持、关心、关注纪念活动及其相关事宜的母校、颐和德酒店及所有相关人士表示诚挚的谢意！

2018 年 10 月 29 日于县城翔梧路宅

131

老虎啸雄风，生彩耀平生

——《同共和国一起成长》序

他叫马老虎，学名马生彩。

他走在 2018 年 10 月 29 日下午明丽的秋阳里——他寻我，让我给他的《同共和国一起成长》写序。

能让我沉醉痴迷的文字不多，想不到《同共和国一起成长》却能让我沉醉痴迷：家人多次催我吃饭，我竟不忍释卷。

掩卷凝思，由衷赞赏——马老虎俗人不俗！马生彩凡人不凡！

一、内涵丰厚多义多彩，五味俱全多滋多感

《同共和国一起成长》不是俗常意义上的回忆录，这里有奔涌的热情，有执拗的勇力，有鲜活的社会人格，更有精湛的民族灵魂。

作者顺畅、平和、隽永的文字，把我们带到了一个社会沙盘、文化艺苑皆备的天地，酸甜苦辣辛的人生五味让人唏嘘不已，内涵丰厚、多义多彩的历史影像令人目不暇接。这里有家传往事、孩童岁月，也有求学生涯、军营纪事；有务农感悟，

也有从教心得；有对正史的公正书写，也有对历史传奇、逸事趣闻的描述；有现实抒发，也有史海钩沉；有对万恶的旧社会匪患兵燹、民不聊生的控诉，也有对新中国日新月异、蒸蒸日上的礼赞；有家仇国恨、恩怨情愁，也有超凡绝尘的佛彻梵悟；有童稚家趣，也有桑梓情深；有对先辈英烈的缅怀，也有对名人乡耆的崇敬；有对东风浩荡激情岁月的惋恋，还有西风劲吹私欲肆虐的阵痛……总之，既包含了个人深度的心灵体验，也剖析了民族的精神命运，涉猎广博，内容丰富。

与作者的文字同行会发现，辽远的时空、庞杂的内容，作者竟能轻松驾驭：布局得当，条清理顺，层次分明，用语平和，遣词精准，深潜忧思，不温不火，张弛有度，娓娓道来，佳境迭现。作者没有虚张声势恣意煽情，也没有突兀跌宕峭立峥嵘，而用内敛稳健、徐缓有致、醇厚绵长的笔触把我们带到了一个别样的广袤丰厚的精神世界——那里有嵯峨的高山、苍莽的森林，当然也有姹紫嫣红的花朵，却不是娇贵丰艳的牡丹，而是漫山遍野的杜鹃，她们与松柏为邻、与寒梅为友，白如雪、红似火、黄赛金……穿红透粉，五彩斑斓。

领略作者用历史情境和文学景观营造的万千风光，感佩他的文学造诣、文字功底深厚外，不禁动情赞叹——

不愧是万里挑一的偃高学子！

不愧为砥砺非凡、淬火成钢的"老三届"人！

二、客观公正正直正义，红色基因沦肌浃髓

过往文字是一个人灵魂的回声。

作者是与中华人民共和国同生同长、共荣共难、共运共命的一代人。文中，他以不少篇幅写了他亲历的过往。作者没有草率地扣帽子、贴标签，更没有简单地拾人牙慧、人云亦云，而是客观公正地描述了自己亲身的现实体验和对历史的独特感知，并以翔实的资料介绍了这些现象产生的综合背景以及纠偏除弊的措施和手段，抽丝剥茧地阐述其历史影响和社会意义。如是，体现了作者直面现实、客观公正的唯物史观，正直正义的个人秉性以及坚持原则的党性立场。在当下谀辞丰茂的歌声中、娱乐至死的曼舞里，人们要么醉生梦死，要么在金钱的刺激下发癫发狂，而作者却能如此清醒自持，实在难能可贵。

回眸作者步履，与其灵魂对酌，不难发现：固守初心、坚韧不拔、正派正义、开拓奉献正是作者一以贯之的准则。孩童时就能勤工俭学，好好学习，工地扫盲，不忘师恩；偃高就读时更是不忘刻苦攻读，怀报效祖国之梦孜孜不倦；从戎时，防守黄海海域刻苦练兵，保管保养军械一丝不苟，沂蒙山拉练锤锻意志，"三支两军"发挥无产阶级柱石作用，泗水排哑弹临危不惧；务农时，科学种田，多种经营，为民造福；从教时，改革教法，秉持师德，教书育人，蜚声乡里……

是什么令他平凡中磨砺出非凡？是什么使他庸常里跌宕出卓异？

是"在礼""在节""在义"的在礼村村风涵养的结果，还是刘满升、吴学智等同村的革命烈士的牺牲精神激励着他？是家乡无极山那千年古庙神脉的幽秘传承，还是乡耆贤达优良传统的睿智浸润？也许都是。但最最重要的是，作者是共和国历史上具有别样风采的"老三届"人。

"老三届"是生逢其时的一代人，他们那葳蕤丰茂的青春在毛泽东思想的光芒下受着党的雨露的滋润，苗壮向上、生机蓬勃，奠定了成为祖国栋梁之材的基础。他们的世界观是在《国际歌》里形成的；他们的灵魂是被"一心为公""心中装着革命和人民，唯独没有我自己"党的教导滋养过的。"四海翻腾云水怒，五洲震荡风雷激"鼓荡着他们献身全人类解放事业的使命感；崇高的共产主义理想的磅礴动能使他们能闯一切禁区、能克一切堡垒、能攀一切险峰，百折不挠，砥砺奋进。他们是任何时候都听命于党的召唤、听命于革命指令的一代人，是不愧对历史、不愧对共和国的一代人！

　　作者除具有"老三届"人的共性底色外，另有别于他人的幸运、幸福和骄傲——

　　1948年10月的一个清晨，二次解放了洛宁县城的四野某部杨连长胜利返回驻地在礼村时，抑制不住喜悦，和战士们一起抓起坐婆里虎头虎脑的男婴不停地抛起，欢呼说：小老虎，我们胜利啦！小老虎，县城解放了！从此，"老虎"就成了作者引以为豪的名讳，这是胜利的共产党给他烙下的终生不变的红色印记。

　　红色基因，沦肌浃髓，造就了作者这一代"老三届"人强劲的生命、倔强的精神、不屈的灵魂、坚定的信念。因之，不管作者读书、务农，还是从戎、从教，除秉持着尽职尽责、尽善尽美的自我追求外，一以贯之的还有精神守望和梦想追索。不管是职场的竞争拼搏，还是荷锄治圃、捉杖寻泉的闲暇，作者一路走来，一直清醒地调亮着理想之灯，终不至于迷失自我，始终独善其身，坚守着自己的精神高地和"初心"，

135

矢志不渝，坚如磐石。

这些，在作者的《同共和国一起成长》里体现得饱满丰盈。书中不仅记录着作者的岁月之痕，还有着共和国成长的印记；不仅有传统的文化描述，还有革命思想蓬勃的渲染。因此，《同共和国一起成长》是作者的回忆录，也是村志民俗的简编史，还是人情世态的博物馆，更是红色思想的印证册……毋庸置疑，《同共和国一起成长》会因它的可读性、广博性而赢得海量的读者，同作者心灵神游，伴作者精神品茗。写到此，一首打油诗翩然而至，流泻笔端——

　　　马上加鞭任驰骋，
　　　老虎踞巅啸雄风。
　　　生彩溢光跌宕路，
　　　好男不负桑梓情！

2018 年 11 月 17 日 10 点 55 分于县城翔梧路宅

经典诵读赞

　　从柳叶舒眉、桃花含笑的阳春三月，到丹桂飘香、"万木霜天红烂漫"的十月金秋，洛阳市教育局在本系统策划和组织了 2018 经典诵读主题活动。几个月来，不管是千年帝都牡丹花城的市区，还是青山绿水景色秀美的诸县，模式多样、内容丰富的经典诵读活动在容天容地容未来的教育圣苑如火如荼、高潮迭起。广大师生在且诵且喜中，怡情益智，打造着自己的文化长相。经典诵读在彰显中华民族文化经典那无穷魅力的同时，也客观雄辩地证明着主题活动的决策者的睿智性、前瞻性、历史性和卓异的审美观。因之，我钟爱经典诵读，我投身经典诵读，我赞美经典诵读！

　　诵读最直接的功能就是提高表情达意的语言技巧和能力。汉字具有其他文字无可比拟的形似画、声如歌、意如诗的美感，通过具有传情艺术的诵读，用清晰的语言、响亮的声音、优美的体态引发彼此共鸣，从而不仅弘扬了民族优秀传统，也提升了国民的语言素质，提高了普通话的社会应用水平。语言表达、口语交际，是每个人必备的社会能力。诵读就是把文字作品转化为有声语言的创作活动，用各种语言手段来表达作品

137

的思想感情。在具有艺术元素、音乐美感的诵读中，在增强艺术鉴赏、陶冶情操、开阔胸怀、文明言行的同时，确立了口语表达的最佳语言风采和可靠的悟道魅力。因此说，诵读是最朴素、最可靠、最有效地提高语言表达能力的途径。这是其一。

其二，经典诵读是弘扬中华文化、优秀民族传统，建设中华民族共有家园战略任务的必要手段。纵观世界发展史，闪耀着奇异光芒的文明古国消亡于历史尘埃之中的何止一二，唯独我泱泱中华虽历经劫难却生生不息、蓬勃倔强，全赖中华文化煌煌的传承力和坚不可摧的黏合力，即使强酋入侵，最终也都被中华文化所浸润、所同化、所融合。攀书山、游书海，我们会倾倒于中华文化的博大精深——孔孟老庄之思想，令人陶醉的唐诗、宋词、元曲及明清小说……哪个不是经典的中华民族语言和思想的象征符号？哪个不是历经时间考验、具有深刻社会思想意义的金科玉律般的文化遗产？当我们诵读着最具典范性、权威性、奠基性、原创性且历久不衰的万世之作时，那丰厚的文化积淀、灿烂的智慧结晶和奇崛的理性光芒使人震撼，那浓缩着丰富情感、蕴含着优美意象的瑰丽诗词佳章令人心驰神往，那流芳千古、掷地有声、诠释人类精神生活的哲理让人回味无穷……肩负教书育人使命的园丁们及莘莘学子诵读着经典，神游于中华民族璀璨文化的绚烂河汉，对话五千年中华文明，潜移默化中经典浸润着人生，书香陪伴着成长，与日俱增地获取着积极向上的文化能量。因此说，经典诵读是传承中华文明的绝佳举措。

其三，经典诵读可揽赏民族优秀传统文化的姹紫嫣红，有助于塑造人生长相。漫步中华经典的芳坛艺苑，那美不胜收的魅力、那令人沉醉痴迷的精神愉悦深入骨髓，由此得到了脱胎换骨般的灵魂升华——"大风起兮云飞扬"的冲天豪气，"力拔山兮气盖世"的英雄气概，"大江东去，浪淘尽，千古风流人物"的磅礴铿锵，"金戈铁马，气吞万里如虎"的震撼气势，"大漠穷秋塞草腓，孤城落日斗兵稀"的悲壮苍凉，"天生我材必有用"的洒脱和自信，"朝扣富儿门，暮随肥马尘，残杯与冷炙，到处潜悲辛"的沉郁隐忍，"明月松间照，清泉石上流"的清新淡雅，"采菊东篱下，悠然见南山"的闲适别致，"人生自古谁无死，留取丹心照汗青"的忠肝义胆……都必将左右着我们一生的文化向往！

更重要的是，经典诵读中，中国共产党的红色基因亦将沦肌浃髓，激励我们为振兴中华而努力拼搏、砥砺奋进。方志敏那《可爱的中国》充满着乐观主义的革命向往，李大钊绞刑架下那"试看将来之环球，必定是赤旗的世界"的理想预言，夏明翰"砍头不要紧，只要主义真"的坚定信念……强化着我们这些后来人的理想自信。"敌军围困万千重，我自岿然不动"的革命定力，"不管风吹浪打，胜似闲庭信步"的淡定和坦然，"宜将剩勇追穷寇，不可沽名学霸王"的彻底革命精神，"梅花欢喜漫天雪，冻死苍蝇未足奇"的凛肃之气，"为有牺牲多壮志，敢教日月换新天"的悲壮和豪迈，"春风杨柳万千条，六亿神州尽舜尧"期冀于人民的深情挚爱……都将作为红色的经典箴言，鼓舞和鞭策着为中华民族的伟大复兴而继往开来之人。

总之，经典诵读不仅能提高口语能力，还可陶情益智；不光享受传统文化美感，还能拓展精神视野；不仅引导价值取向，更能完美人生长相。因之，我崇尚经典诵读，我践行经典诵读，我赞美经典诵读！并将在经典诵读中涵养昂扬蓬勃之气，积蓄创新进击之力，立足振兴中华的伟大梦想，殚精竭虑、信心百倍地去创造和收获新时代的万千风光！

2018 年 11 月 10 日拟就于洛阳涧西孩子家

风情万种永宁湖

　　洛宁县城西南的永宁湖，乳名人工湖，她是从荻草丛生的一片湿地蜕变而来的。当我们的居住地日渐沦为"建筑工地"和"停车场"时，永宁湖自然就成了松弛情绪、舒缓紧张、娱乐休闲的不二之地了。

　　诞生于新世纪初的永宁湖已年近二十，但久居县城的我虽与她近在咫尺，却先后只造访过两次，太少了吧?! 原因其实很简单，我虽然时时告诫自己，知世故而不世故，历圆滑而留天真，可到头来还是无法抗拒身心俱老的到来——除了宅于书房与书为伴，其他身外之物对我来说已皆无激情，曾经沧海难为水，杖国之年的我走过了人生的阔路窄巷、经历了生活的离弦走板，已不稀罕所谓的浪漫，游乐赏景的欲望与日走低。

　　第一次游览永宁湖是 2016 年 12 月 18 日的下午，那次纯属陪伴妻儿；2019 年春分的前一天，我只身二次造访了永宁湖，并被赋予了爱情的力量。

　　我状如石雕般伫立在永宁湖入口处的石阶上，肃然而深情地与之对峙——正是夕阳衔山时分，西天那一抹晚霞红得粗粝狂放、红得凛冽异常，令夕晖下的永宁湖一半油菜花般的明艳、一半斑驳迷离的暧昧。粉墙黛瓦，新草如丝，岸柳依依，湖水潋滟，阁影鬼魅，远笛悠悠，春日如画，游人百态……在夕晖耀眼绚丽、红嫣如羞、橘黄含嫩的次第变幻中，永宁湖散发出神秘的气息，流光溢彩，她恢宏壮丽得恍若一座令人敬畏的神殿，让人生出朝生暮死的虚妄感。不，她此刻更像一位艳丽饱满的熟女在招摇着自己——一会儿是母仪天下的端庄和慈祥，须臾又睥睨万丈红尘，一副妖冶之态……

我突发奇想：永宁湖她如果不是生于中原腹地，而是身处千里冰封、寒鸦数点、雪花如席的北国，或是在风吹草低见牛羊的广袤草甸，抑或生在雾霭濡湿、榕树妖娆的岭南，或者坐落于湖光千里、渔舟唱晚的水乡，又会是何种姿态呢？是古典油画般的端庄和凝重？是透着贵族之气的孤傲和优雅？还是幻想偏执、情趣多元、渴望激情的作女态？也许是清纯脱俗、新洁素面、楚楚动人的白莲花？

身后推车挑担的摊贩的叫卖声打断了我的遐想，随着臭豆腐、小碗汤、肉串、烤肠香味的飘来，又一拨人兴致盎然而至，男男女女、老老少少。在青春迸溅的嬉笑中、稚童追逐的尖叫里，我看到了衣冠楚楚、像外交使节般的二线干部；也有说话势大力沉、背手做老干部状的昔日领导；我还无意间看到几位潮男，像大导演般披件多兜的马甲，发型却是光葫芦上顶个茶壶盖的那种；在这懒散休闲之地，我竟发现一位西装革履、头油贼亮的青年，洋场恶少般嘴里撕扯着一把肉串，还不时和臂弯间的女孩逗乐，那女孩捂嘴而笑；也有散发广告、推销产品的劳碌者，他们穿梭于游人之间，谄笑中透出执拗，无奈中显现不甘；更多的是优哉游哉、闲散慵懒的时光消遣者，

142

在慢生活中疏散着骨子里的疲惫⋯⋯

真好！这是块被欲望和欢快精耕细作过的园地，这里没有中美贸易战的硝烟，也没有强酋的飞机战舰侵我南海而带来的民族屈辱，这里只有和平盛世中的安宁和祥和，这里只有蓊郁梦境里的恬静和沉醉⋯⋯

我莫名地心中一凛，才意识到玫瑰色的晚霞早已燃烧殆尽，黑夜伴着凉意正从永宁湖的每个毛孔里生长出来。抬眼望西天，已变成一片铁青色的混沌；南望远山，其参差巍峨模糊得状如水渍；举头苍穹，满目灰白，怎么瞬间就变天了？今天是农历二月十四，竟然没有月亮。夜空澄澈、月华似水的永宁湖一定有神幻般的魅力，可惜憧憬的美妙今夜与我无缘。怅惘中，我目光热切地往北游弋，那里有一处牵绊过我生命的地方——以书香为伴、让知识续航的洛宁县教师进修学校。当年光彩荣耀的新校与我脚下的这片土地是比邻无间的，但现在，新开发的楼宇却阻断了我的视线，但我仍倔强不甘地北望着，萌生相对如梦寐的沧桑感。

洛宁县教师进修学校，早年是可怜地蜗居在文庙后的城墙根下，地狭房窄，破败失修，软件硬件都不达标。我刚到教委立足未稳，就接到上级棒喝性的最后通牒：办学条件再不改观将撤销该校，洛宁的教师进修、师资培训须送外县进行！若如此，不单工作受损，更大的是屈辱啊！只有迁建，别无他途。可一没校址，怎么迁？二没资金，又怎么建？凭空建校，不仅是对我能力的考验，也是对当时社会现状的挑衅。当时恰好县体委划归我教委管辖，洛河的荒河滩边有一块正被蚕食的半荒废的体育用地，我决计在此建校。没钱，我"无赖"出招：招

143

收一百名每人带资一万五千元的高费生。1998年，一所在洛阳市属于一流的教师进修学校终于屹立在了洛河之滨。二十年过去了，人事有代谢，往来成古今，当年单门独户孑然孤立于河浦荒滩的教师进修学校，现已被各种建筑所包围；当年的建校人也已被时光遗弃，被世人遗忘。可想起当年那捉襟见肘的困厄、万难侵扰的窘迫，至今我并无半丝后悔，反而为自己当年的无私和"无赖"而心安！

我收回目光，发现起风了。无遮无拦的河风有点刁蛮，时而静若处子，丝风不见，湖水若练，波澜不惊，风平浪静得有些神秘寂寥；时而像巨蟒盘旋呼啸而来，把一池湖水蹂躏得波涛汹涌、妖气森森，并狂野蛮横地撕扯着岸柳，那披散的柳丝美若出浴少女的满头秀发，可怜受到暴力的摧残，令人怜爱不已……

风冷夜稠，游兴阑珊。

正踌躇间，变戏法般眼前大亮，令人惊诧和陶醉的满目灯火劈出了一方华彩璀璨的世界；同时，喇叭里传来中央电视台《新闻联播》那职业的播报声。抬腕看表，正是十九点整，我恍然大悟：哈哈，夜幕的拉开原来是需要仪式的！

我像邂逅了前世情人一样精神大振，浑身蓬勃起爱欲的能量。我目光贪婪地巡视着永宁湖，灿霞色的灯管把她镶嵌得宛若水晶宫般美轮美奂。那曲径通幽、蜿蜒叠折的水上栈道荧光闪烁、如描如画；霓色勾勒的永宁阁傲然苍穹、仪态万方；草地上、林木间，五彩缤纷的地灯星罗棋布，像情欲闪烁的眼睛撩逗着游人；环湖而置的缘路灯柱，擎起一炬炬温柔的光焰；远近那光点斑驳的树冠，此时像张开的手臂，仿佛托着幽秘而

144

深邃的夜空……我缘路独行，仿佛置身神话般的象牙宫殿，心里生出和幸福近点、再近点的悠远向往。

一位老者精神抖擞地蹬着自行车锻炼，已两次经过我的身边，我惊叹他风驰电掣般的速度和一往无前的执着，执着于健康、执着于欢乐、执着于生命；一对貌似双胞胎的小女孩优雅地滑过我的身旁，脚上闪闪发光的滑冰鞋使人联想到脚蹬风火轮的哪吒；一位年轻的母亲脖子上驮着孩子，她故意碎步地颠跑着，弄得孩子一会儿大笑、一会儿惊叫；一个半大的顽劣男孩撅着屁股，把母亲往供孩子游乐的旋转木马处拽，而母亲一副欲拒还迎的姿态……我很享受这极富人间烟火的俗常生活场景，心里恬淡而平和。

倏然有歌声疾驰而来——回来吧！回来哟！我要活……歌声像从扼着的脖子里挤出来的，又像身陷重围的新兵蛋子绝望而亢奋的呼救，令人浑身发紧。循声望去，是几个人在跳舞——虽然影影绰绰，但从那粗壮的躯体、笨拙的动作看，是几个大妈级的老年女人，一招一式一丝不苟、严肃认真、郑重其事，没有曼妙但有力道，看那跺脚动作，既有千钧之力，又有不共戴天之恨。我蓦然对她们生出敬意来——敢蔑视他人的好恶来展示自己的形体和舞姿，那是怎样的勇敢和无畏呀！也许她们因过去的岁月已经把自己透支成了一具空壳，在乏善可陈的日子里该真真切切地爱一回自己了！或者她们在用舞姿与心中那余生苦短的哀叹和恐惧抗争……因为我比她们还要老的缘故吧，我似乎读懂了她们：她们在惋恋失去的青春，她们在珍惜和享受当下的自己，她们用貌似邪性的狂热表达出对现实救赎的极度渴望，她们在宣泄，她们在狂怒，她们在抗争，她们在追求，她们在宣誓……我，无由地想哭！

"我爱你……就像老鼠爱大米……"一曲甜味十足的歌曲也在耳边痴缠，我看到了另一处也有人跳舞。那瘦若秋苇的身材、举手投足的诗韵，无疑是几位美女。我想趋前欣赏，又打住了——看美女，一眼是君子，两眼是小人。哈哈，不能丢人现眼！影影绰绰中，袅袅婷婷、曼曼妙妙传递给人的不只是对健康的珍爱、对快乐的享受，在亲情稀薄、爱情稀缺、真诚稀少的金本位主宰的当下，她们也许另有深意：是否在找寻心灵的同路人？或许在觅求人生的偏方？

现在似乎人人都是街头歌手，个个皆为广场舞者……夜幕下的永宁湖沉浸在脉脉的温情之中，这里弥漫着奇异而迷茫的快乐。一旦信仰不在，无须家国情怀，剩下的唯有人生苦短的无奈，只能用娱乐至死的理念去贪享所谓的幸福和欢乐，醉生梦死，得过且过……幸哉？悲哉？

头顶风声呼啸，是两只鸟迅猛地向湖面俯冲，我正惊诧间，它们又冲天而去，消失得无影无踪，它们飞得极快，像有子弹在追。我没看清是什么鸟，更不知它们从何处来、到何处去。我神经质地猜想：莫非它们的世界里也有不平、不公，它们是否一直生活在恐慌中？那仓皇的姿态，似有邪恶势力在追杀？也许是穷得恼火的流浪者正慌忙地飞往廉租房？从那急切而豪气冲天的气势看，应该是一对铁血硬汉般的精灵吧？

湖风又起，风也像迷失了自己一样没有章法，困兽般撞击着游人。风舌舔着我的脸颊，像蛇的尾巴……我不得不告别永宁湖。

走出好远，不舍地回眸——永宁湖宛若窝在斑斓鸡尾酒里的一枚蛋黄，乖乖地散发着圆润温柔的美。

我想即兴诌几句赞美的诗，忍住了。只因，今夜无月。

我喜欢光华万丈的灿烂！

东方红，太阳升……

明天，一定会有一轮新鲜的太阳升起。

阳光灿烂的永宁湖，一定更风情万种！

2019 年 3 月 26 日 12 点 16 分拟就于县城翔梧路宅

神游凤翼山

  2019 年 4 月 30 日那个彩霞满天的黄昏，我再次登临了城北的凤翼山森林公园。

  此时正是晚饭时间，游人还寥若晨星，景区静谧得恍若世外仙处。由东向西，折北回南，一任感觉牵引着我，信马由缰地独步在红色地毯般的健康步道上。柔风怀情，丝丝缕缕缠绵在我的周围，迎风扑面的是翁郁葱茏的绿色：饱满圆润的黄杨球任性地张狂着她的蓬勃和晶莹；肃然成阵的侧柏林中规中矩、苍翠欲滴；顾伟硕壮的雪松傲然挺立、绿意逼人；风姿绰约的大叶女贞婆娑有致、秀色可餐；幽草如茵脚边生，深树争翠百鸟鸣，绿影仙踪，幽秘莫测……徜徉在黏稠的绿色海洋，给人一种充溢的欣喜和轻盈的羽化感。我爱此地，这是消融现实愁绪和心灵纷扰的理想之所；我享受此时，此时特别适宜自己走向自己，特别适宜自己耕耘自己的灵魂。经历了人生太多的荣辱沉浮、悲欢离合，我偏爱孤独自处。在这葱郁苍翠的凤翼山森林公园，我幸运地邂逅了用孤独解放自己、豁达随性、自省自策的机遇，限量版的独醒独清油然而生，心里清爽而陶然。

我意外发现了一串紫红色的洋槐花，不错，枝繁叶茂的树冠上只有这么一串了，这分明是春天的尾巴呀！花期已过，你为何迟迟不谢？是青帝派你作为春的使节来迎候夏的到来，还是前世有约，专意恭候我的光临？啊——你是在宣示韶华易逝、时令有序、人生苦短、不可蹉跎？是啊，温润的春、激情的夏、七彩的秋、清峻的冬，可以轮番装扮着亘古横陈的凤翼山，时光濯万代，人生一瞬间哪！还是伟人说得好，"天若有情天亦老，人间正道是沧桑"。

　　驻足于凤翼山森林公园的阶梯之巅，天高地阔、目穷八方、思接千载的豁然奔涌而至：远山近郭在晚霞的辉映下，像一幅写意的水彩画，壮阔宏丽得撼魂摄魄。西天似火，万里弥漫灿霞，那腾焰倒炉的震撼令人销魂蚀骨；而东方天际却奇异得湛蓝似海，悠悠的白云把天宇擦拭得清亮明净、澄澈如洗。抬眼远眺，山岳丘陵呈现出迷人的曲线和弧度，那层峦叠嶂、东西绵延的山脉像滔天巨浪汹涌澎湃，那雄浑苍茫的丘脊岭背宛如奔象争雄、狂放强劲。与丘陵莽原牵手平行的是一抹浓重的绿色林带，那是苍生庶民的家园，村镇掩映其间。再就是穿山越岭而来、志在黄河大洋的洛河了，她虽然早已没有了惊涛拍岸、奔腾不息的气势，但那恩惠千代、润泽万民的功德怎么都不会走远，她那卓然的风采永远是洛宁引以为傲的历史名片。俯首，是心仪的洛宁县城，道路纵横，井然有序，各色建筑错落有致；蔚为壮观的楼宇群落，如若整装待发的受阅方阵，威武俨然；斑斓多彩的屋顶，织就了一幅光怪陆离的大写意画卷；古色古香的老城、名闻遐迩的商埠王范在县城的飞速扩张中，早已不见了往日的踪影，被现代的浮华和灿丽所掩

149

盖；夺人眼球的高楼雄踞于县城各个有利的部位，夸张地昭示着自己的尊贵和峻拔，这些私人的代表作，作为一个时代的功德牌坊，肆无忌惮地向世人诠释着市场的魔法和资本的霸道。当然，正是因为有了这些高层，县城也平添了脱胎换骨般的参差跌宕和都市的大气及威仪……晚霞眷顾的县城，此刻既像一池嫣红的水，富丽而美艳；又像一艘光华飞溅的大船，活力四射，给人不尽的遐思。

晚霞几退，夜幕即临。半明半暗的苍茫中，目巡八极，面对余霞孤鹜、苍烟夕照、山高水长、天玄地冥，我生出仰天长啸、乘风归去的冲动，真想飞扬逐云，揽山河之壮美，追历史之风云！鸟瞰洛宁县城，春花秋月、夏荫冬雪伴着历史的风雨在滚滚红尘的繁弦幽管中不知轮回过多少次了，而恣意的洛宁山水造就的一代代历史风华真的走远了吗？不，此时此刻，此情此景，穿透时间的雨幕，他们那高旷辉煌、伟岸神幻的身影，我依然清晰可见。看，头戴斗笠，手执耒锸，从龙头山"叙畴坪"飘然而来的，不就是"洪范九畴"、三过家门而不入的治水英雄大禹吗？我看到了须发飞披、手擎人类文明的火炬、令"天雨粟，鬼夜哭"的仓颉，正从阳虚山踏云而至。看，中国禅宗的始祖达摩也乘风而来，他晚年禹门游化，坐禅香山寺，卒于洛滨，葬于熊耳山，难道今天他又要去弘扬佛法、教化世人？那裙袂飘舞、踏凌波微步而至的仙子是谁？她翩若惊鸿，宛若游龙，明眸善睐，神姿丰采，那不是令人倾慕热恋的伏羲之女——洛神宓妃？那骑青牛而来的白须老者无疑是道祖老子了，看，他一手执虬龙荆杖、一手拿《道德经》卷，他还要向肉食者们宣传他的"无为而治"吗？我还看到

150

了闯王李自成，这位只活了三十九岁的农民起义领袖，头戴范阳毡笠，脚蹬皂靴，身披战袍，佩弓携剑，目光如炬，迎风勒马于闯王坡巅，在"迎闯王，不纳粮"的欢呼声中，坚定着他为劳苦百姓"均田免税"的初衷，他意气凌云地策马陷阵，立志诛贪官、扫腐恶、建大顺、谋太平……

苍茫暮色难掩洛宁县城雅逸绝伦的文化风韵，用心去追溯历史烟云，我看到了聚文会友的洛西书院，看到了可与开封龙亭媲美、凌空巍峨的祖师阁，看到了规模宏大的关帝庙和见证政权更迭的老县衙，看到了曾被当代书香浸润过的文庙、城隍庙，也看到了弘扬忠义的关岳庙，看到了文光普照的魁星楼，还看到了褒扬明代巡抚张伦的石牌坊，看到了西关的"七七抗战纪念塔"，也看到了王范清真寺……

洛宁的青山秀水演绎了多少天子王师的千秋霸气，河洛文化谱写了多少鸿生巨儒、骚客雅士的生命之歌，洛宁的书城县郭成就了多少英雄先哲的万古风流，雄浑神圣的洛宁大地又上演了多少金戈铁马、悲欢沉浮的人间活剧啊！

清风拂面，夜色美丽，心怀崇敬，深情流连于被夏夜拥怀的县城：满目璀璨，七彩神幻，万家华灯，灿若星河，这不就是灵龟负书所折射的中华文明的万丈光华？南望夜空，苍穹下的山峦剪影若无，灯光零落，虚幻幽秘；滨河公园，灯带逶迤，柔如余霞，若梦若幻；县城楼宇，浓妆艳抹，霓虹闪烁，流光溢彩；道路长街，火树银花，车阵磅礴，光怪陆离……此刻，我享受着夏夜轻风的柔情，用心抚摸着万丈红尘中的县城，品味着她的张扬和繁华，探究着庭院楼阁里的世相百态。也许正演绎着卿卿我我的温柔和曼妙，也许正寸缕不挂地精耕细作着欲望的土地，也许正无奈地任贫穷消磨着自尊，也许在牌桌、酒桌上找寻着欢乐，也许正危坐荧屏前苦寻迷失的幸福，也许正把理想装进钱眼谋划布局，也许正用融于血液里的爱去自省过往，也许正苦苦地找寻着一条没有污染的精神清流，也许正苦心孤诣地书写另起一行的人生，也许正背叛良心做贩卖灵魂的二道贩子，也许任由生活的驱使不知所终、不知所以……当然，也一定会有人竭忠尽智地为百姓谋幸福、为众庶保安康。或为爱而殇、或为利而搏、或为权而斗、或为民而谋，因之，浮华的夏夜才有了静水深流般的丰厚和深沉。

喧闹拉回我的思绪，我蓦然意识到了脚下的动感，原来四百个石阶下的凤翼山森林公园广场上早已夜声沸腾：人流如潮，随性浪漫，管弦竞技，唱腔纷呈，乐曲恣意，翩跹无忌……广场上，喧腾得如万树舞风，在这夏夜独特的乐章里，我似乎听到了龙头山的龙吟、凤翼山的凤鸣，还有伶伦执管吹奏的天籁之音，沁人心扉。

我的背后，耸踞着一块屏风般的巨石，上面镌刻着体现洛宁精神内涵的"忠勤厚正、创新共赢"；背景墙上，镶嵌着"践行核心价值观，建设美丽新洛宁"的大幅标语。脚下的凤翼山，被五颜六色的霓虹描绘得壮丽非凡，展现出一副彩凤展翅腾空欲飞的雄姿。恢宏绚烂的凤翼下，妖娆华彩的县城恰像一艘起航的巨轮，正劈波斩浪，一往无前。

2019 年 5 月 17 日拟就于县城翔梧路宅

舞榭歌台风吹去，金戈铁马入梦来

——写给《致敬人生》

　　我先说句内涵丰厚的开场白——杨少卿是我异姓兄弟！

　　我赞同并鼓励他写回忆录，那是记录人生、凝结情感的过程，是对忘却的抗拒，是自己灵魂的回声，是人生意义深远的仪式；珍惜往事的人是深情的人，是重视心灵生活的人，是对自己的历史有着文学关怀的人！

　　他有资格向自己致敬！

　　我俩也早已约定——我要给他的回忆录《致敬人生》写几句话。

　　在这梅子金黄杏子肥、榴花似火麦气香的艳阳天，我满怀绿色的思绪，在作者笔触的牵引下，逶迤穿行于他那跌宕的文字阵列。意外的是，作者构建的不是一座花园，这里没有葳蕤繁茂的枝叶，也没有满架蔷薇一院香的小景象，没有幽草繁花、风和蝶舞、蜻蜓立荷尖的雅致；在这里找不到作者野花村酒、看破红尘的闲适，看不到酣醉入梦、借酒寻仙的消颓，也寻不见荷锄弄圃、篱下赏菊的恬淡。作者展现的是一个苍浑的奇石方阵，刺目夺眸的"石头"，大小高矮不等、瘦皱露透各异，色彩纷呈、参差嵯峨、凌凛坚硬、冷峻逼人，它们尽是生活大河淘洗出来的"干货"。这些以质为贵、以德为美的"干货"没有作秀的假意，有的是作者身处峰峦的峥嵘和"佐国心，拿云手"的磐石守候；给人的不是风柔花香的温润欣喜，而是鹿撞般的心痛和身临雷瀑的震撼。悉心体察，会发现眼前的奇石，不乏神工鬼斧的奇特，更有自然天成的神妙，个个有形、有格、有境、有韵，或拟人状物，或抒情慨叹，各有其功，各呈其彩。这里有童稚野趣、母爱亲情，有多彩青春、情感絮语，也有政坛升沉、人生感悟，还有难以磨灭的特别记忆和史料汇选……这是作者人生爬坡的足痕，这是作者灵魂的真挚絮语，值得研读，值得体味，值得感慨，值得敬佩！

知己，算友情的最高境界了。茫茫人海、滚滚红尘，能找个志趣相投、心灵相通、说得着话的人实属不易。我很幸运，我和少卿彼此都懂。十天半月总要见见面、聊聊天：内外形势、世相逸事、道听途说、家长里短、情感私密……天南海北，林林总总，纵横海侃，不亦乐乎。很美！很惬意！

唤醒记忆的仓储，发现第一次见少卿是 1981 年 6 月的一天，我妻子被列为民师转公办的对象，县教育局几个人去上陶峪村考察她，少卿是其中之一。第二次许是 1984 年初秋的一天，我正在当时的县委副书记吉全福住室闲坐，少卿去汇报工作。两次萍水一面，只觉小伙子精悍，连姓甚名谁都不知道。有缘的是，1986 年夏，我们两个到赵村乡搭班，经三年的磨砺浸润，相互的信赖和欣赏已经沦肌浃髓，以后几十年的栉风沐雨，友情日笃。

少卿是个善于冲锋陷阵、斩关夺隘的猛将硬汉。我赏识

154

他，因之，屡屡把"堡垒"让他去攻，把"硬骨头"让他去啃，甚至别人的"夹生饭"也让他去吃：抓"严打"，搞社会治安综合治理，蹲点包村，稳局治乱，排难征土地，茹苦建乡中，计生突击拔"钉子"，基层整顿蹚"雷区"……他用攻坚克难的倔强，去破解着一个个"不可能"；他用卓尔不凡的战绩，赢得了上下的青睐！

他是个讲党性、讲原则、讲角度、懂规矩的好助手。他对我的意图心领神会，交给他的工作不推诿、不扯皮，再苦再难从不撂挑子。无奈困惑时，最多向我汇报汇报情况，接受指示后义无反顾重返"战场"，"不破楼兰终不还"！作为助手，对我从不偷奸，从不要滑，难能可贵，令人赞叹啊！这样能干事、敢干事、善干事、干了事、干实事的"千里马"，如不给其披靡驰骋的天地，作为班长的我于心何忍、于心何安！

我和在王村乡当书记的二弟商定，对少卿，我极力向县领导推荐，二弟向领导指名道姓地要。果然，领导知人善任，少卿恰当其才，1989年春，他终于到王村乡当了乡长，从此开启辉煌的主政生涯。

他是位有思想、有担当、拼搏创新的实干家和令人瞩目的主政者。乡情所致、民心所盼，他策划和导演了一出出为乡造福、为民谋福利的活剧。无论是王村乡的建站提水惠民、库区移民安置、旱作农业高产的战役，还是杨坡乡大兴交通修公路、内联外引办企业、疏浚筑堤治河患的攻坚，既体现了他干事创业、筹谋大局的胸怀和气派，也展现了他抽丝剥茧的一丝不苟和深入底层、亲躬亲历的认真细致，最终完美呈现了他能征善战的实干家形象。众望所向，实至名归，他被推选为中共洛宁县委委员。

他是个侠胆仁心、铁骨柔肠、有着悲悯情怀的人。不管在建站引水的工地，还是在开河修路的战场，都率先垂范，身体力行，扎根百姓，亲民爱民，和群众一道抡镐舞锤打眼凿石、推车挑担运土给料……工地上，他发现有人只带了两块红薯面饼权作一天的干粮，他含泪动员大家捐资捐粮；看到有人挨饿劳动，他自己慷慨解囊；心系鳏寡孤独、困难农户，他不时看望接济、嘘寒问暖；离开王村乡多年，他还惦记那里的贫困户，自己出钱拿物，匿名看望。即使退休后，他也一如既往地秉持着怜残助贫、帮弱济困、知行合一的理念；路遇陌生人打架斗殴，别人唯恐避之不及，他却苦口婆心，晓以利害，化干戈为玉帛。他常半真半假地开玩笑说：我要向县委自荐当信访办主任！更为特立独行的是，广场舞音乐如雷，影响了其他休闲人群，他"多管闲事"，温婉劝阻："能不能把音量调小点？公共场合，别人都没法活动了。""不能！音响坏了，就恁高！"他竟说："我掏钱给你们买。"面对层出不穷的"苍蝇""老虎"，他曾几次对我感慨道："我真想不通，有权有钱还不知足，还贪什么污？良心呢？"他可爱地忽略了一点：当权力一旦成为唯一的价值时，就无疑成了解构良心、理想、道德的粉碎机。在金本位主宰的当下，作者那渗入骨髓的善良、悲悯和澄澈如水的童真、纯净，愈显凤毛麟角般的稀缺和珍贵。

他又是个理想的完美主义者。平心而论，他来自大山深处的升斗小民之家，最终能砥砺奋进、主政几方，干得风生水起，享受副处级待遇，事业上，不能不说他是一个成功者；家里，妻子本分能干，儿子朝气蓬勃，儿媳贤淑懂事，孙子聪明好学，有房有车，衣食无忧，不能说不幸福；乡里乡亲中，他算卓尔不群的佼佼者；家族里，他是定海神针；朋友间，他是公认的细心人……世人眼里，人生他很成功，生活他很幸福。难以想象的是，一种莫名的残缺感和遗憾不时偷袭着他，令他生出不可名状的怅惘和不甘。

不管是为官之时还是释冠之后，他都没有学会伪装和欺骗，而恰恰这是个代用品肆虐的时代，他那一切货真价实的东西还受青睐吗？他始终不渝地坚守着自己的初心和精神圣地，事业、家庭、生活、社会、情感……在他的价值标尺下，都力争达到至臻至善。自律、自省、自策、自励与心结伴，须臾不舍。"荷叶生时春恨生，荷叶枯时秋恨成"的无奈和感伤又如影随形，现实与自己的坚守往往又势如水火，心中的焦灼和疑虑挥之不去，人岂能不累？

令他不能心安的，原因之一是债主。作者政坛搏击几十年，并多次主政一方，常在河边走，就是不湿鞋。多年以来，债主尾随其后，寸步不离。愁远天无岸，落叶又西风！他那被公认的一尘不染、两袖清风的廉洁自律形象，在逼债的心悸和困厄中显得恓惶和窘迫。

再者，最使他耿耿然至今不能释怀的，还是到物资局、黄金局任职的那段岁月，那是他的生命之鲠。那热鏊跳舞欲罢不能的窘困，那饮疼茹苦诉说无门的痛楚，时时咬噬着他的心，夜半梦回，惊心动魄的落寞不期而生。也许他被伤得过狠，他一直认为那是他政坛折戟沉沙的标志，使他英雄气短地"走麦城"。在往事的深巷里，他难以自拔：命运不公的愤懑、壮志未酬的失落、才位失配的不甘、重整山河的壮志、"路漫漫其

157

修远兮"的旷茫……五味杂陈，思绪漫溻如潮。

官场上，他是实干家，是正派的好领导，但不能算运气大学的优等生。正当他顺风顺水、意气风发之时，决策者让他先后到物资局、黄金局主政。也许那正是对他的认可和褒奖：在领导眼里，他就是个拨乱反正、稳局势的能手，就是个灭火消灾的英雄，就是个炸碉堡堵枪眼、善打恶仗的悍将。当他临危受命，意气凌云奔赴"战场"之后，司令部却既不给他后勤供给，也不给他后援部队，还不给他激励；在他左突右冲胜利在望的关键时刻，司令部却为了自己的需要决然放弃了他……一切的努力和辛劳瞬间付之东流，胜局反成了惨败，惨败得一塌糊涂，糊涂得不知所以，惶惑无奈、委屈无措得不可收拾。

也许当年领导的本意就是让他去当"维持会长"，而他却是个把单位当成家、把工作当生命的干事创业者，如是，以后的攻坚克难、开拓进取，决策者又如何乐见？

"宝剑锋从磨砺出，梅花香自苦寒来。"苦难使人坚强，痛苦令人崇高，放眼作者人生旅程，那段非凡的历练歪打正着——他的生活才平添了热闹，政坛生涯才有了跌宕，情感才更趋深沉，感悟才愈加精辟，生命才被赋予沧桑。同时，厚重了进则天下、退则田园的精神，也壮硕和丰满了他的人生长相！

我常想，如果他生在战争年代，他一定是手舞大刀令敌酋丧胆的敢死队队长，也或许是攻城夺池的卓异骁将；如果他身处乱世，他一定是"路见不平一声吼"的侠义壮士；他要搞纪检、检察，一定是邪恶贪腐者的梦魇；他要管财政，一定不会有潜规则的"跑冒滴漏"……历史没有假设，审视他的生

158

活场景、奋斗图景、精神远景，所折射出的硬汉性格、坚守正义的品格、昂扬向上的力量、仁恕悲悯的情怀，就已经是人们所褒奖、所期冀的美学特征了。有此，平生足矣！

一个普通党员，一个俗常小民，他何以若此？在完成了社会主义改造、农村迈上集体化之路的欢庆声中，他恰逢其时地出生于兴华瑶子头。是家乡高山的巍峨给了他厚重和坚毅，是故乡门前的潺潺清泉滋养了他的仁心柔情，是淳朴的父老乡亲给予他前进的动能。他怀着报效家国的赤子之心从大山深处一路走来，走过充满乡野味的童年，走过蓬勃多彩的青春，走过踌躇满志的成年，收获了成功所带来的苦、辣、酸、涩、甜。在今后的人生跋涉中，他一定会一如既往地看护着激情、理想和执拗的勇力，一定会走得更潇洒，一定会走得更自如，一定会走得更远！

因为——他是个一心向上的人！

因为——他是个一心向善的人！

青山依旧，人事全非——

往事如烟，一切都过去了，舞榭歌台风吹去！

往事如烟，一切都过去了，为何金戈铁马入梦来？

我因少卿而骄傲！

因为他说话而高兴！

随性唠叨，请见谅！

2019 年 6 月 4 日 17 点 9 分拟就于洛宁

永不消失的春天

——再访金门绿竹风情园

位于洛宁县陈吴乡东寨子村的金门绿竹风情园，是处神性十足的风水宝地，她以其独特的风情雅韵、多元的魅力内涵召唤着八方来客竞相来访、游乐览胜。

金门绿竹风情园西邻的东寨子村是文化积淀丰厚的古村寨，这里有辽金时期的武德将军墓，有闻名遐迩的鬼才文人韦衮庙。风情园南有九龙口拱卫，另有九龙柏俯瞰。据说一千八百年前，有九龙沉湎此地风脉，遂摇身一变，化为一株挺耸苍翠的柏树，三龙为根状如鼎，六龙成干形如盖，故曰"九龙柏"。相传唐高宗时，皇子李弘、李贤、李显到此游乐遇雨，曾避雨于九龙柏下，因而九龙柏又名"太子柏"。风情园东有潺潺金门涧溪，北有滔滔洛河之水。这里，有神话传说、坊间美谈、龙脉王气，溪环河抱，至此，身在红尘，心处净土，静心怡神；这里，可游竹海，看竹景，观竹涛，听竹笛，品竹茗，赏竹艺，沐竹风，啖竹食，饱眼福，慰腹欲……陶醉修竹意象，葳蕤欢乐人生，令人留恋不舍、沉醉忘返。

蓝天悠远，白云缓渡，金门绿竹风情园绵延如浪，苍翠无际，恰如翠波荡漾的一池湖水，深邃玄妙；又像一方硕大无比、碧绿无瑕的翡翠，温润丰泽。她像凝固的画卷，既有奇崛苍劲，又含灵动柔润，似蕴辽远的传奇和幽秘的神迹。滚滚红尘，浮生一梦，一心避开车马喧嚣而在心里修篱种菊者，特别享受此情此景。

天光血日，河风激越，金门绿竹风情园万竿狂舞，碧海金波，竹涛伏荡，声震如雷，气势博大，意象渊深。夜里挑灯看剑、金戈铁马入梦、胸有丘壑、志在千里者更契合此时此刻。

金门绿竹风情园，风情万种，实至名归。徜徉浩瀚竹海，你会发现，石径、清溪把貌似一园的竹林分割成了各自独立的五个竹园，她们牵手比肩、喁喁私语，又自然天成、各自成趣。放眼整体，旷朗天放，气势恢宏，风情园像一位花信年华的大家闺秀，女中尧舜般端庄优雅、气质非凡、仪态万方、沉稳大气；着眼细部，俏丽动人，玲珑乖巧，又似一位待字闺中的小家碧玉，兰心蕙质，梨涡浅笑，朴素精致，温柔娴静，清秀妩媚。这里，大家闺秀的风范、小家碧玉的灵韵皆备；这里，粗放的意味、古雅的寓意共存；这里，清高不失淳朴，清丽不脱俗韵，清幽而雅致，清新而鲜爽……一言以蔽之，这里，意境斐然，品位卓异，美妙得可感而不可状、可会而不可言，令人酥心醉脾、情意勃然。

己亥中秋后的一个大晴天，我满怀爱欲，再访了金门绿竹风情园。走进挺拔俊逸的茂林修竹，我仿佛扑落在幽翠苍青的帐幔之中，凉爽宜人的温润舒适通透全身，清浊去污的轻盈飘逸弥漫四肢百骸。龙姿凤舞的风情园似乎真有一种神性魔力，在清凌小溪的吟唱中，那竿竿青竹把丝丝缕缕的澄澈净爽软软地传递给我，红尘浊世中强行介入灵肉的尘埃污秽瞬间消弭净尽，心中丛生的荆棘杂草也被柳暗花明所置换。我像进入了自己的心房，忽觉身有所靠、魂有所归、情有所寄、心有所依，一种温馨、安全、松弛的解放感沦肌浃髓，顿觉华发豁齿的古稀之躯神魔附体、青春又来。我率性地徜徉于林陌竹径，意态随兴，顾盼自雄。时而踟蹰徘徊于石级溪畔，时而大摇大摆在步道围栏，时而凝神注目于林的密密匝匝，时而目光飘忽在竹的疏疏落落……秋阳被竹林筛成了大小不一的光斑，像仙人撒落的银箔，没有了迸溅般的灼亮和炽烈，光泽舒服得能安抚狂躁、冷静心绪。哈哈，我就趣味盎然地踏着光斑而行，蹦跳如鹿，无规无矩，放浪形骸，童稚又归。

我进入竹园腹地，爱怜地抚摸和拍打着一棵棵竹子，在沁人心肺的清香中寻觅着一个答案……

大自然林林总总，植物界千姿百态，各具风韵，各有寓意：梅洁、兰幽、菊淡、莲清、牡丹华贵、玫瑰艳丽、梧桐高远、枫树豪爽、银杏沧桑、松傲、柳柔、桑朴、槐素……可古往今来，文人雅士为何单单钟情于一个"竹"字？他们似乎个个旷世孤独，与文学相爱，与"竹"字相许。在那卷帙浩繁的诗词中，吟哦竹子的佳章丽句俯仰可拾。白居易说："水能性淡为吾友，竹解心虚即吾师。"王维："独坐幽篁里，弹琴复长啸。"吴均："山际见来烟，竹中窥落日。"落魄的李后主："凭栏半日独无言，依旧竹声新月似当年。"秦观："西窗下，风摇翠竹，疑是故人来。"王庭筠："竹影和诗瘦，梅花入梦香。"欧阳修"夜深风竹敲秋韵"，辛弃疾"饱看修竹何妨肉"。体恤下层的县令郑燮"衙斋卧听萧萧竹，疑是民间疾苦

162

声"，他那"咬定青山不放松，立根原在破岩中。千磨万击还坚劲，任尔东西南北风"的千古名句，则更具金石之气、警策之声……历代文人，情系千年修竹，丹管一支，描尽人间万象，或写意，或抒怀，皆痴缠于一个"竹"字啊！

豪放派词人苏东坡，千百年来，因"东坡肉""东坡肘子"而被公认为名副其实的美食家，就是这位"吃货"，竟然说"宁可食无肉，不可居无竹"。因之，陆容"不种闲花，池亭畔，几竿修竹"；石孝友的宅院，"一丛萱草""数叶芭蕉"，也少不了"几竿修竹"；而嵇康、刘伶等意气相投的"七贤"，问学议政、酣畅恣酒也要以田地为庐，相聚于河南修武县的竹林之中，最终赢得"竹林七贤"的雅号；"扬州八怪"之一的郑板桥干脆以竹为友：茅屋一座，新篁数竿，春笋就酒，竹叶煎茶，竹喧听风，竹荫作画，终成中国画坛"我如竹、竹如我"的画竹大师……苍林翠竹何以令他们须臾不舍、梦萦魂牵呢？是修竹那天然妆成、素颜淑女般的婀娜多姿，还是那凌风傲雪、笑迎雨霜的凛然之气？是枝横云梦、梢指苍天的蓬勃浩然，还是朴实无华、虚心劲节的君子品格呢？

我置身瀚海碧波的绿竹风情园，目光所及之处，老竹新篁，竿竿苍翠挺拔，如同成阵的武士英气勃勃、清峻不阿；轻风走过林梢，她们又婀娜曼舞、柔情絮语，洒落淅淅沥沥的美妙音符。我感佩她刚柔相济之际，脚踏陈叶，蓦然灵光闪动：草木花卉在四季的轮回中，岁岁枯荣绽谢，而竹却不管春温夏热、秋肃冬寒，青翠如初，蓬勃依然。是啊，残冬余寒中，万木仍忍气吞声萎缩于干枯之中时，冻土下的新笋早已悄然萌动，待春雨光顾，新笋破土，"清明一尺，谷雨一丈"，蓬勃向上，直指云天，恣意风情；夏日酷暑里，她叶拍长空，绿染云霓，临风起舞，演绎浪漫；秋风萧瑟，群芳落尽，万木凋零，竹依然笑风傲霜，密叶叠翠，青碧高洁；严冬，寒深雪重，青竹琼枝，雪压俯首，甚至时闻折竹之声，待红日归来，偃伏又起，依旧昂首冲天。在大自然的铁律面前，竹照样新陈代谢，但她落叶无声、代谢无痕、低调默然，给人笑对四季、永世青翠的不变颜值。

我顿觉心生佛理禅意般一片豁然——

竹，非草非木非花卉，但她有草的平实无华、有木的峻拔坚韧、有花的精英秀气，却不受寒来暑往的制约，不畏雨雪风霜的肆虐，始终刚劲清新、淡雅高洁、虚心亮节、万般风情。竹，别于草木花卉的，不但是挺拔玉立的风采，还有秀逸柔美的神韵；不但是常青不败的超俗，还有生机盎然的蓬勃；不但是孤骄凌云的坚贞，还有偃而又起的不屈。这，不就是人们向上、向善的精神向往？这，不就是人们崇竹、恋竹的缘由吗？

竹林情韵有致，竿竿风骨凛凛。我却在篱笆墙的圪垯处，意外地发现了几棵弱如瘦苇的竹子，和她们相伴的竟是千缠百绕于其身的一棵藤蔓，还有一株条缕纠结的牵牛花。弱者无选择，弱者无尊严。可那赢弱的瘦竹也不屈地挺身仰头，那弱弱的花朵也不知形秽地摇摇曳曳、傻头傻脑地向我炫耀着她的天真和烂漫。我佩服她们在强势的淫威中那倔强的生命力，同时，一种悲天悯人的情愫也油然而生——我无由地想到了红尘中那些威风凛凛的上位者，还想到了那些躬身俯首下苦力的打工族……心里升腾出不平的诘问：是谁的强行介入打破了生存的平等和和谐呢？！

我驻足于五园竹的交会处，这里耸立的石头上镌刻着"三步两孔桥、四面五园竹"的字样，这是明末清初的大书画家王铎游赏此地时留下的诗句。三百多年来，这片竹林受惠于名人名诗，得到很多的文化关怀，赢得一代代人难以磨灭的记忆。这方咫尺之地，也成了风情园极具神性的亮点——在此，可与三百年前的王铎神聊，也可在蹁跹的遐思中尽情地放飞心灵的向往：这里，男的能看到天边驶来的那片红帆，女的能看到一骑绝尘而来的白马王子……

　　我坐在"三步两孔桥"的石堰上，深情回忆如流往事，一股别样的暖流缘着我的经脉运转、浸润开来，弥漫全身，那是沉淀于我心灵深处的母爱亲情啊！1959年到1968年的十年里，我一直在洛宁县城求学。当时，浩荡的洛河上还没有桥，县东域少有的一个渡口就在这竹园的北边。每每往返于求学路上，这里是必经之地，也是最佳的歇脚点。夏季发洪，洛水暴涨，母亲担心孩儿的安全，她肩扛粮袋陪我走过谷圭万亩塬，照护我过洛河，她在此歇脚后再只身返回二十里外的山村。千竿摇风，竹涛伏荡，婆娑泪影中，我恍若看见母亲正从天国飞临，那竹浪的啸哦不正是母亲生命的歌唱吗？倾情于竹林，我忽觉这绿色瀚海正蕴含着人天共仰的宽厚母爱，正彰显着大爱无疆的鞠躬尽瘁。不是吗？竹，情韵风骨怡神励志，粉身碎骨奉献一生：竹楼竹筏、房椽屋檩、帘席床椅、伞笠箫笛……就连竹头也要厨中作箸、一把竹末也要釜底成烬。她约风为友、留雪作花的高风亮节，她"出世予人惠，捐躯亦自豪"的无私奉献，不就是母性最完美的体现，不就是母爱最崇高的诠释吗？！

我心情沉重地起身，无可无不可地徜徉于风情园的曲径通幽处，深情地体味着她虚极静笃中博大精深的丰厚寓意。谁知，她忽然作女般使起性来，先是窸窸窣窣的轻风絮语，瞬间像发泄不平般狂暴喧闹起来。她是在与命运抗争、呼唤文明、呼唤救赎吗？是啊，她颜值依然、风骨犹存，可"一亩园十亩田"的经济实用价值在替代品的肆虐中变成了历史笑话；当年被视为财富银行的竹林，在屈从于金钱诱惑的人们手里，可一夜间夷为平地，取而代之的是开发出的宅院楼宇。洛宁，拥有四千多年淡竹的生长史、北方罕见的原生态古竹林、两万亩的汤汤竹林景观，以此赢得了"绿竹之乡"的盛名。曾几何时，这张引以为傲的历史名片却受到急功近利的睥睨和亵渎。我曾倚老卖老地劝训过几个村干，不能再对竹林乱砍滥伐；也曾不知天高地厚地亲拟保护竹林的议案交于"两会"代表，以期唤起心怀大局者的重视……此刻，竹林长啸，是对文明失明、文明失聪的浩叹，还是对自己日渐边缘化的愤慨？也许，兼而有之吧。

令人心情峰回路转的，是风情园竹艺展厅那令人眼花缭乱的展品：或大或小，或精巧或拙朴，琳琅满目，夺人眼球；散发的竹香沁人肺腑、爽神怡人。

坐在风情园那氤氲着竹绿的餐厅里，更使人精神大振。听娉婷如竹的美女讲竹文化，品琥珀色的竹叶茶，吃竹筒蒸饭、笋叶粽糕、竹笋炒肉、竹茸煎蛋、竹菌焖鱼、时蔬野菜，豪饮竹筒酒……哈哈，那个美啊，大有一餐饱千年的感觉。

酒足饭饱，伫立风情园宾馆的露台上，抬眼北望，风华万代的洛河尽收眼底，逝去的恢宏和繁华从时光的深处奔涌而至——蓝天血日，长风浩荡，波澜壮阔的洛水浪涛汹涌，河面上竹筏成阵，各种竹器堆积如山，放筏的汉子们高喊着号子，正挥汗撑篙东下洛阳……

几个人把我拉回到现实，他们嚷嚷着要我写点什么。我的字是拿不出手的，但我没有推让，因为今天高兴，有求必应，就毫不犹豫地挥毫献丑了。

给风情园负责人写了："青翠成荫虚心为民，挺拔参天节高师人。"

给竹艺展厅写了："如此精工唯有虚心成绝艺，几经编作方知劲节有奇才。"

给美女写了："虚心才能揽精汲华节节高，有节方可御寒抗暑年年美。"

……

金门绿竹风情园啊，我欣赏她铸铁般的肃然凝重，我怜爱她龙态凤姿般的婀娜绰约，我敬畏她竹涛啸天的气势，我沉湎于她静雅幽秘的神幻，感佩她争风逐霜的傲骨，痴迷她气象万千的风情，我也满足于她吃住游乐一条龙的周全服务……

但，我不得不走了。

车开出好远，我又不舍地下车凝望，碧空秋阳下，金门绿竹风情园林阵竹涛、气势磅礴，满目澎湃的绿色。我心中灵光闪烁，神经质地向同伴大叫：我要写一篇文章，题目就叫——

永不消失的春天！

2019 年 9 月 18 日拟毕于县城翔梧路宅

167

心田如花人未老，崇师爱生不了情

往事如流，岁月如歌，繁弦幽管，林林总总，大抵都逃不过光阴那黑板擦效应的无情与刻薄，无奈地消弭于记忆的湖底。唯有与血脉共存的深刻将永远闪烁在记忆的天幕上，用熠熠之光烛鉴着我的精神版图。张汉臣局长、韩竹峨老师夫妇二人可谓我记忆天幕上的两颗星辰。

他俩携手洛宁教坛四十年，饮痛茹苦的付出、卓尔不群的表现，令他俩成了佳话式的人物。

20世纪70年代，张汉臣局长主政洛宁教育时，曾到我上陶峪大队看过一次学校，他是我敬仰的人，我极尽所能地做了一餐——瓷面旋子馍、炒鸡蛋和鸡蛋面水汤。因缺油，鸡蛋炒得干涩焦缩。物质匮乏与盛情芹意的反差，据说是令他感动的。在全县教师大会上，他让我这个青皮的二八后生作为大队管理教育的代表做经验性的典型发言；我主政洛宁教育时，他亲人一样关注、关心着我，并帮我化解一些工作中的问题……他玉树临风的挺拔风采、果敢凌厉的处事方法，令我一直仰视着他。

1959年，我在洛宁师范附小（现在的东关小学）上六年

168

级时，韩竹峨老师是我的班主任兼语文教师。六十年时光的横亘，她的师严、师尊、师范仍令我记忆犹新，并一直规范着我的价值取向；她更是我文学的启蒙者，正是那时，我开始去啃《苦菜花》《林海雪原》《青春之歌》，去买赵树理、王汶石的书研究《李家庄的变迁》和《饲养员赵大叔》……韩老师不仅是有着母性光芒的严师，也是一位充满魅力的优雅女性，她在与光阴的把盏中冷静着心智，在事业的磨砺中丰满着人生。

退休赋闲后，他俩忘情山水中相濡以沫，明月清风里寻找自我，身在红尘，心往净土，砚田里临摹松风竹韵，文苑中舞文弄墨。两人竟写出《夕阳情》《红霞飞》和《金秋吟》三部图文并茂的诗集，可敬、可喜啊！

多年来，我与两位长者虽相互关注，但都忙于生计，累于职场拼搏，加之他俩退休后常驻洛阳、郑州，难于见面，师生之情实际成了淡如水的君子之交，也只有暗夜独坐清算几十年光阴的时候，过往的恩惠才渐渐浮出。己亥年九月三十日，韩老师打电话说有书送我，我喜出望外。欣然往之。岁月忘记让他们变老令我欣喜不已，热烈的盛情令人温暖和感动……我认真仔细地拜读了他们的匠心之作，深刻了对他们的了解：他俩为洛宁教育事业奉献一生，那难以复制的时代情绪饱满、丰富着诗意盎然的人生。书中那黏稠浓烈的亲情、友情令人唏嘘动容，同时与我的认知不谋而合——人生除责任外，剩下的就是爱了，其余的都是行李而已！

而后，我们相互加了微信，方便了联系，时常相互问候，我求韩老师为我书写条幅，我发在网上的文章两位老师给予点评、抒发感慨……不时地给我激励和勇气。我的散文《风景这边独好》发表后，张汉臣局长郑重地发来诗作——

山菊醉秋魂
——读段文明《风景这边独好》感赋

根植沃土一知青，
清白村干布衣情。
战天斗地绘蓝图，
穷山恶水换新容。
而立之年进高校，
从政仕途立新功。
卸甲笔耕结硕果，
文坛遐迩展雅风。

张汉臣 2019 年冬于郑州

2020 年 3 月 18 日 20 点 59 分，韩老师发来她庚子年大年初三写的诗作感慨我们的师生之情，令我感动不已。

老妪拙笔抒心声

"文明"这是一个寄托着长辈希冀而富有内涵的雅名
因其从小就勤奋好学礼貌聪颖
冥冥之中就成了初登教坛的我的得意门生
我对你寄予了厚望格外器重

在我将要离开讲台的前夕

你荣任了洛宁县的教育局局长

成了我的顶头上司

我在欣喜的同时也收获了一份光荣

如今你亦年逾古稀

仍有着松风摩剑的英气

月下读书的豪情

我也成了耄耋老妪

体弱多病老态龙钟

我想给你写首诗

怎奈我学养疏浅缺乏才情

然而想说的话老闷在心里

又有悖我的个性

此刻我已打开了心语话匣

想和你交流说与你听

你自幼就手不释卷一生嗜书如命

积淀了丰厚的文学底蕴

奠定了你淳朴的性格你博览中外名著成就了你高超的语
言驾驭能力

锻炼了缜密的逻辑思维和卓越的笔功

你给祖国的大好河山和一石一木赋予了灵魂

你把风情万种的不同人群刻画得栩栩如生

你勇于为社会上的腐风恶俗无情地揭露和挞伐

给社会敲响了警钟

你敢于对社会的弱势群体撑腰壮胆

171

鼓励他们与厄运抗争

读你的作品是一种语言文字的艺术享受

潜意识中就和你产生了共鸣

也使一些笔耕爱好者对你由衷地仰慕

我们的观点是如此一致

我们的认知是何等相同

我欣赏你的写作风格与技巧

我为你敢爱敢恨的人格魅力而动容

你是祖国新一代的才俊和骄子

你是一个有抱负有担当的知青

毛泽东思想铸就了你洁净的灵魂

中共党员的光荣称号赋予了你伟大的使命

正因为如此

从踏上仕途那刻起你就迈着坚实的步伐

一步一个脚印一步一个阶梯在苦累中攀登

你在不同的工作岗位上摇橹掌舵

在呐喊声中加油在风浪中前行

生活的磨难坚定了你不屈的性格

岁月的洗礼构建了你完美的人生

工作中你恪尽职守高效办事赢得了群众的爱戴

你虚怀若谷低调做人获得了百姓的尊崇

你创造了一个接一个辉煌获得了一份又一份殊荣

你不负厚望我为你骄傲我因你荣幸

卸甲后你没有躺在功劳簿上陶醉

更像一匹无羁的骏马踏着阳光　清风　明月

在文坛上纵横驰骋

你写下了那么多脍炙人口的文学作品

启迪了广大读者埋下了不熄的火种

你的作品也成了我餐桌上的珍馐佳肴

越嚼越筋道越品味越浓

也给我羸弱的身体注入了抗体

我虽已枯木老朽但心态年轻

当下老伴已八八奔九

我也八三挂零

我们没有太高的奢望

只求一份生活的闲适平淡和安稳宁静

上午读书看电视了解国内外大事

下午在小区锻炼步行

然后依偎在洒满夕阳余晖的长凳上

一面品着寿茶的清香

一面感受着繁华都市的风土人情

无意中我们已成了夕阳下的常客

也成了社区的一道风景

此刻我想让你跟我们分享这份惬意快乐和满足

我们的忘年之交——文明

2020 庚子年正月初三于郑州

　　我知道，在我们师生情感的原野上，相互都是不可忽视的
存在，都有着独一无二的感情价值，这是人生弥足珍贵的不可

替代的精神需要，尤其在赝品遍地的时候。我期盼看到老师砚田笔端有更多的抒写生命的经历和体验的文字；愿时光永远忘记使他们变老，愿他们健康长寿！在世俗的潮流之外，在纯净的诗情、隽永的意境里，活得轻松幸福！活得心田如花！

我不会写诗，今天斗胆在老师面前瞎诌几句权作结尾吧——

赠 恩 师

携手教坛四十载，
呕心沥血育英才。
笑看学子成大器，
不恨年华两鬓白。
清风明月和我老，
挺松劲竹砚田栽。
文苑盘存不了情，
《夕阳情》浓呈异彩。
《红霞飞》过《金秋吟》，
翁妪美梦任剪裁。
爱在金秋正当时，
晚霞丹照胜春来。

2020 年 3 月 20 日 11 点 52 分拟就于洛宁县城翔梧路宅

故县银杏广场简介

　　这是处神奇的地方——

　　这里是洛阳西陲的河洛名镇故县镇的寻峪村。故县曾因东晋后期北方的一个小国县城而得名，当下赢得的"文明乡镇""卫生乡镇""烟叶大镇""林果名镇"令其闻名遐迩；被誉为豫西"小三峡""北国漓江"的故县水库西子湖水利风景区、文化底蕴厚重的寻峪村，成就了故县声名远播的"河南省特色景观旅游名镇"的美誉。

　　这里有元朝至正十七年南阳道士马真人（马德超）重建的仁威百代的龙泉观。全观分上、下两观。上观为"三清洞"，现存削崖凿窟一孔，高丈二，宽丈七，深两丈，下有石级可上，洞内敬奉着三清神：玉清元始天尊、上清灵宝天尊和太清道德天尊。左上方悬崖绝壁上另有两穴石窟，是马德超祖师升天后，由方士张道清于明朝弘治十八年，请石匠用铁钎手锤苦凿十四年而成，可谓凤彩三尊地、龙势一洞天。下观乃清咸丰年间重建，为明清式小型殿堂建筑：前有月台，东南有奶奶庙，西有关帝庙，对面乐楼，后有七圣祠和玉皇阁……赫赫三尺剑，森森七星旗，祥光瑞气的龙泉观，在六百多年的岁月

175

里，以其博大精深的道术道功、斋醮仪范成就了一代代的仙真高道，演绎着旗飘上观龙蛇动、剑舞下观鬼神惊的凛凛活剧。

瑞应八方的龙泉观前，耸立着两株奇崛威武的银杏神树，树高三十五米，东株胸围六点七三米，西株胸围六点四五米，冠幅达十八点五米。这两株与天争高、与时争寿的银杏树，一是古，二是稀，三是奇，四是贵。银杏树，这一银杏科的落叶大乔木，是植物界的"活化石""老寿星"，又名爷爷种树、孙子吃果的"公孙树"，说其"古"实至名归；银杏树是二百五十万年前第四纪冰川运动后遗留下来的小部分最古老的珍稀树种，全国超五千年的古银杏树仅存十二株，超千年的也仅有五百株许，而眼下的两棵故县银杏树已有三千二百多年，那树乳倒垂、虬枝峥嵘的沧桑正昭示着她的珍稀；树龄逾千年，但她枝繁叶茂，蓬勃如春，夏荫满院，葱茏依然，秋金四溢，辉煌壮观，奇否；四贵，乃两棵姊妹树各自独立而又携手并长、比肩争荣，三千年风雨雷电、晨霜暮雪，患难与共，姊妹情笃，弥足珍贵啊！

面对千年神树、奇山异水、圣观仙踪，古有风光民谣曰："木木林中水，山山出古人，白王皇太子，口口吕先生。"绝妙地描绘出此处悠久神幻的历史人文景观。"木木林中水"，是说观后龙泉水从两株银杏树间流过的奇妙；"山山出古人"，隐喻三清洞的北山上有象形山石，俨如一位迎风勒马、陷阵征战的古将军；"白王皇太子"，是说北山山顶的庙宇，相传赵匡胤率军西征经此地攻打后蜀，后人感念为他而建皇庙；"口口吕先生"，则说八仙之一的吕洞宾屡考进士不第，出家隐居洛河上游修道为仙，曾到上观的三清洞点化在此修道的马德超

176

祖师得道升天。

此处，古树圣山，奇幻幽秘，仙笃道极，神性氤氲。至此，胸有金戈铁马者可望功成名就之华彩，心中修篱种花者可期冀诗和远方，泼墨写意人生者可领略万种风情……欲福则福，欲寿则寿，欲空则空，欲欲则欲矣。

尊贵的游客、看官，在这紫极腾辉之地，请洗心净神，凝志聆听吧。在自己与自己把盏、灵魂与灵魂品茗中，深邃的时光隧道正传来悠远的梵韵神钟、仙乐道鼓，还有千年银杏邀风为友的吟唱，以及你心灵深处的隐秘絮语……

你听到了吗？

2020 庚子年阳春上浣谷旦

芬芳情谊[①]

能应邀参加李湘生先生的书法展，一是高兴，二是荣幸。原因有五：

一是日子好。今天是八一建军节。几十三年前的今天，中国共产党在南昌城头打响了与旧世界决裂的起义的枪声，从此今天就有了颜色，那就是中国共产党的红色；从此今天就有了动感和气势，那就是中国人民解放军一往无前、所向披靡的气势和动感。今天是星期六，是农历六月十二日，六六大顺的心理暗示和文化暗示给人无限的遐思和美妙的精神向往。此时此刻，我似乎就看到了一池汪汪的湖水，那里莲叶无穷碧、荷花映日红，潋滟的水波似乎正送来夏日的习习凉意。好！日子好，高兴！

二是地点好。这里是君龙大厦第八楼。我一直认为，有文化的企业是脱俗的企业，是没有土气的企业；有文化的企业家是目光辽远的企业家，是具有文化气质的企业家，是具有绅士风度的企业家，也是具有高绝境界的企业家。我是第一次踏进

---

① 在"李湘生书法展"开幕式上的即兴发言。

这个大厦，在这里我感受到了财富的威仪和资本的力量，同时又体味到了丰厚浓郁的文化氛围和艺术美感对我的冲击和震撼。高兴，地点选得好！

三是嘉宾好。令人高兴、荣幸的是今天这里荟萃了这么多的名人——有各级的领导和与李湘生先生有交往的各界人士，有书法家、作家、诗人、评论家、企业家等，在我眼里来的都是名人。今天名人荟萃、群贤毕至、星光闪烁，令人激越，令人振奋啊！和这么多的名人在一起，能不高兴，能不荣幸吗！

四是我与李湘生先生是几十年的老同学、老同事、老朋友、好朋友。六十年前的 1960 年，我们一块儿考入了洛宁一初中，在 631 班同窗共读了三年，而后又一块儿上洛宁一高中，其间因"文革"我们又在高中同窗共读了四五年。百年修得同窗读，千年修得共枕眠。能够成为初中同学，又成为高中同学，一块儿与书香为伴，一块儿让知识续航，这不仅仅是人生的幸运，更是人生一场辉煌的奇遇。在以后的拼搏中，湘生成了洛宁教育战线一名非常优秀的教师，而我当农民、当民师，又有幸主政洛宁教育一段时间，命运安排我们俩又成了同事。几十年的你来我往中感情日笃，成为好朋友、老朋友。今天参加李湘生先生的书法展，非常惊喜、非常钦佩、非常骄傲、非常高兴，毋庸置疑，也感到无上的荣幸！

五是在我记忆的视野里，洛宁文化家庭的天幕上，李湘生一家是其中一颗熠熠闪耀的星辰，一直光耀着我记忆的荧屏。李湘生的父亲李振田老先生，是 20 世纪中后叶洛宁闻名遐迩的儿科专家，他以自己精湛的医术和仁心救治了无数的患儿，给成千上万的家庭解除了病痛的困扰、带去了福音，他那众口一词的美誉、口口相传的美德成了洛宁几代人不灭的历史记忆。

有其父必有其子。李湘生先生作为人民教师，几十年来坚守在创造未来、勾画人生蓝图的三尺讲坛，忘我地播撒着心血，青灯黄卷，鞠躬尽瘁，培育莘莘学子，用自己的心血去浇灌祖国的花朵，使她们开得姹紫嫣红，为洛宁的教育事业呕心沥血、竭忠尽智、任劳任怨，难能可贵！

有其父必有其女。李湘生先生的女儿瑛子是当下卓尔不群的著名作家，迄今，她已出版发表了十几部长篇小说，且大部分都已改编成了影视剧在各电视台热播。我看过瑛子的《宝贝战争》《爱了散了》《非常家庭》《婚刺》几部纸质作品，感佩不已：一是情节曲折引人入胜，语言优美可读性强，更重要的是她的作品不仅仅揭露时弊、叩问人性，更能给人以温暖、给人以光亮、给人以希望、给人以力量。瑛子的作品多次获得《小说月报》等评选的国内大奖，瑛子也成为享誉文坛的大作家。我相信瑛子一定会以她丰硕的文学成果在当下的文坛写下浓重华彩的一笔。瑛子已不仅仅是李湘生一家的骄傲，也是洛宁的骄傲，是洛阳的骄傲，也是中原地区的骄傲！

在这一家庭背景下，李湘生先生举办自己的书法展，我能够应邀参加，能不高兴、能不荣幸吗？

我不懂书法，但我崇敬书法人。因为书法是我国民族文化宝库中的一颗明珠，是中国传统文化中的瑰宝。书法不是诗，但有诗的意味；书法不是画，但有画的美感；书法不是歌，但有歌的节律；书法不是舞蹈，但有舞蹈的摇曳多姿。在此，我衷心祝愿老同学、老同事、老朋友、好朋友李湘生先生在今后的日子里，与钟情的书法艺术须臾不舍、相伴一生，让书法给你以诗意，让书法给你以快乐，让书法给你以蓬勃，让书法给你以光华！

最后，祝愿李湘生先生的书法展圆满成功！

祝愿女士们、先生们的生活像书法作品一样横看成岭侧成峰，具有无穷的趣味和看点！

愿大家的人生都像精品书法一样，让人们去临摹，让人们去艳羡，让人们去向往，让人们去崇敬！

谢谢大家！

2020 年 8 月 1 日下午于县城翔梧路宅

春花秋拾

　　在故纸堆里，我无意间发现了 1983 年刚到新乡师专就读时的几首不像诗的诗（我都没有丝毫的印象了），我像邂逅了儿时玩具一样玩味不已。我不嫌丑了，特抄录如下，以纪念我那段蓬勃多味而又关键紧要的岁月——

校园拾零

我不懂意境
却在图画中生活
我不会吟诗
诗却缠绵在我的身边
随手捡一片溢红的霜叶
记录下生活的苦辣酸甜

赏　花

发现一位小女生在嗅花，有感

一只青春饱满的小手探进花丛
撷取一朵沾满阳光的金菊

她把它凑近鼻尖

脸上泛起甜甜的红晕

是爱它邀风笑霜的品格

还是用它的姿色和自己的青春媲美

啊，看她喝醉酒的样子吧

一定是在品尝生活的韵味

1983 年 10 月 10 日上午于新师

看家书

用心尖的颤抖拆开素笺

哗啦啦飞出滚烫的情感

母亲的牵挂和着炊烟千缠百绕

女儿的思念任梦魇相伴

妻子的柔情在飞鸿的翅膀上闪动

朋友们的祝愿挂上了月镰

字字被丰硕熏香

句句被情爱泡甜

勉励从行间汩汩溢出

希冀透过纸背绽放笑脸

我小心翼翼捧着沉甸甸的家书

生怕浓郁的乡愁滑落我的指尖

1983 年 10 月 23 日晚于新师

我从山路上走来

崎岖的山路上
布满巉岩怪石
如鹰如兽
如妖似鬼

朝霞给它们披上橘红的袈裟
莠草和野花与它们依偎
我也狂热地向它们求爱
耗去了金色的青春

当夕阳和大地接吻
它们才显出本来的面目
如鹰如兽
如妖似鬼

我爬起揩揩额头上的冷汗
舔净伤痕上的血渍
张开双臂去拥抱明天
任昨天死死揪着我的衣襟

我从崎岖的山路上走来
带着恐慌、疲劳、痛楚、艰辛

还有那

成年人的刚毅和深沉

　　　　　1983 年 10 月 23 日 21 点 38 分于新师

扬　　场

把激情抛向天空

去和那金风接吻

谷壳带走汗水浸湿的艰辛

谷粒落下

溅起丰盈的笑声

　　　　　　　　1983 年 10 月 25 日于新师

早　　操

哗哗哗，什么声音

似海涛拍岸，激越、铿锵

是冬眠的向往复苏后的欢歌

是理想的翅膀在搏击云天

是信念的热血在心房沸腾

是澎湃的激情在胸腔轰鸣

哗哗哗

是执着者正昂扬地登上起航的船

是坚毅的脚步与希望的黎明亲吻

1983 年 10 月 31 日晨

星

为什么夜越黑她越明

她是期待黎明的眼睛

秋

我是妈妈

我没有少女的温柔

我没有少妇的热烈

我只有严肃和深沉

孕育金色的丰硕

秋　风

蚊蝇说

你是冷凛的刀锋

松柏说

你是称量坚强的天平

1983 年 10 月 31 日下午于新师

蝙蝠的爱情

拥抱着黑夜

欢欣若狂

我爱你

你的胸膛是我的天堂

夜无可奈何地打着哆嗦

因东方露出了黎明的笑靥

雁

把大写的"人"字挂上苍穹

大写的"人"才追求温暖和光明

把"一"字画上蓝天

"一"字永远是成功的起点

搏击吧

追求同此凉热的雁

1983 年 11 月 2 日

2020 年 8 月 11 日辑于县城翔梧路宅

致敬！新乡师专中文 832 班

新乡师专中文 832 班，

是一个光芒四射的特色群体！

是中原教育篇章中一个内涵丰厚的历史标题！

公元 1983 年 9 月——

那个"不似春光，胜似春光"的九月，成了中原地区一群人至关重要的命运的拐点——这群人，终于搭上了幸运的末班列车，激动地抖落"民师"身份的焦虑，手持希望之剑，满怀步入主流社会的欣喜，振奋地跨入新乡师专的校门，荟萃于中文 832 班。

他们五十六人中——

有的从洛阳那"千年帝都，牡丹花城"的神圣中走来，有的从三门峡那巍巍崤山的雄峻中走来，有的从平顶山裴李岗文化遗址的奇崛中走来，有的从"愚公故里""济水之源"的坚毅和灵秀中走来，有的从焦作那"竹林七贤"的风华万古中走来，有的从新乡那"群星灿烂"的亮丽中走来，有的从鹤壁那"兵家逐鹿、商家争雄"的磅礴中走来，也有的从油城濮阳那"中华龙乡"威武雄壮的诗句中走来，还有的从安阳那殷商文化的辉煌中走来……

他们襟度豪迈地走来，会集于新乡师专。他们以其峭立峥嵘、姹紫嫣红的卓异姿态，令中文 832 班闪耀着出类拔萃的人才光芒。这里有雄姿英发、玉树临风，这里有绰约娉婷、风致婉约，这里有豁达奔放、豪爽大度，这里有虚笃静极、隐忍内敛，这里有风流倜傥、洒脱豪迈，这里有才华横溢、文瀑滔滔，这里也有藏愚守拙、厚积薄发、蓄能聚力、以待未来……

但生活的困厄、现实的严酷，也毫不留情地奚落着这群迟到的大龄学子，令他们煎熬无语、进退无奈。在这群人中，除三五个是未婚的青年才俊外，其余都已结婚生子，处于而立已过而未立、不惑已近仍迷惑的尴尬境地。身为人子，面对白发高堂而不能杯水于前；身为人夫（妇）、身为人父、身为人母，面对儿啼女号却不能施以援手；面对夏秋的稼穑劳作却不能坚持始终；面对家务的猬集和琐碎却又每每缺位……昼夜晨昏、年年岁岁，对父母的惦念如影随形，妻儿的呼唤不绝于耳，责任缺失的痛楚又沦肌浃髓……

"衣带渐宽终不悔，为伊消得人憔悴。"尽管中年困扰，尽管百事缠身，但，他们有清醒的人生路标，有坚实的向往追求。在新乡师专的学习中，恩师们的教诲充盈着知识的仓廪，未来的召唤激发着进击的勇力，两年里，他们饮痛茹苦、隐忍自我、冷静自我、认识自我、沉淀自我。他们与刻苦同行，与书香为伴，让知识续航，丰厚着自我，升华着自我，在博大精深的文学浸润中丰美着自己精神的满树繁花，夯实着未来拼搏的硬朗支撑，展望着人生前程的高端视野……

两年的知识历练，两年的文化淬火，他们收获了破茧化蝶的喜悦，当1985年那个榴花似火麦气香的夏日到来的时候，他们满怀登高临远、啸咏骋怀的激越走出了新乡师专的大门，去迎击职场的挑战⋯⋯

面对社会的诡谲、职场的刁钻，他们从容坦荡，理智冷静，因势赋形，择地出入，审时度势，行止适当。他们大部分成了学养丰厚的高级教师，甚至成了睿智儒雅的大学教授。他们安贫乐道、青灯黄卷、呕心沥血、竭诚尽虑培育着莘莘学子，用自己的心血和知识的琼浆去膏腴学子们的精神山川，他们燃烧自己的生命去烛照学子们的人生向往、去光鉴学子们的灵魂原野，最终，他们收获了桃李满园，赢得了人生丰硕。也有的拼搏政坛，开拓进取，鞠躬尽瘁，建树非凡，衷心为民，勋业卓尔，政声斐然，人生华彩。还有的经济弄潮，搏击商海，匠心独运搞实业，苦心经营当老板，锦裘豪宅，富甲一方。有的献身水利战线，摸爬滚打，防洪救灾，修渠建库，造福社会，功绩卓异。也有的潜心建筑领域，纵横捭阖，指点江山，范规定矩，监督检查，声名远播。更有的钟情文学，痴心传媒，殚精竭虑打造高端文化，著书立说恣意挥洒豪情，苦心孤诣导演影视剧作，淋漓尽致演绎万种风华，等等等等。

几十年时光的淘洗，他们的生活场景、奋斗图景、精神远景在中原文明的原野上绘就了一幅奇绝俊逸的亮丽景观。无论他们身处何地、位居何职，都没有被时代的浪潮落下，他们用自己满腹的才情、高洁的情怀、坚定的信念、逼人的锐气，书写出烁金泛银的职场名篇，葳蕤出嫣然百媚的人生风致，绚烂出自己生命的璀璨光华，风云过往、骄人业绩使他们成了不可复制的一代精英。这群来自中原各地的"苦菜花",隐忍卓绝中完成了脱胎换骨的革命性蜕变,他们砥砺前行中的战斗风貌、献身精神、诗意情感、经典品质,铸造了他们巍峨雄奇的人生长相,放射出灿若星辰的神圣光芒,令后来者永远去仰望、永远去崇敬、永远去顶礼膜拜!

岁月如流,移步换景——

当年中文832班那蓬勃多元的群体,都被时光裹挟进人生的秋天,或跨过人生花甲的界碑,或进入杖国之年,成了雨中黄叶树、灯下白头人。但他们不负人生、超越自我的心劲不减,热爱生活、珍重生命的勇力不泯,他们用随性豁达、弹性坦然的姿态与衰老版的人生做着花样百出的抗争——云卷云舒中看花开花落,品味沉静和恬淡;开轩邀明月,对弈趁清风;明窗净几处,床前戏孙,享受天伦之乐;东篱赏花,西园弄圃,钟情山水,捉杖寻泉,体验着闲云野鹤的散漫;有的成了名伶粉丝、梨园票友,晨光月辉里、丝竹锣鼓中,一亮歌喉,自娱自乐,惬意如仙;或醉心书法艺术,效法苏、黄、米、蔡,挥毫泼墨,龙飞凤舞,感知砚田墨池的审美意蕴;或痴迷文苑诗坛,志在高远,一意孤行于文字的阵列之中,揭露时弊,叩问人性,呼唤清明,尽情宣泄自己的情感,真实地书写生命的体验、生活的感悟以及对世界的独特发现,用氤氲着芳香的文学成果去践行诗人、作家的担当……

回望来路,叩问过往——

中文832班的这群人,他们何以能淡泊明志、进则天下、退则田园、豁达率性?面对"丛林法则"的残暴、面对"金本位"主宰的霸道,他们何以能定力如山?他们为什么没有在经济大潮中沉没？他们为什么没有在物欲泛滥中湮灭？他们又为什么没有在畸形世态中沉沦？原因是，他们这一代人的三观是在《国际歌》里铸造的。他们大抵经历过东风浩荡、激情燃烧岁月的洗礼，也体验了西风劲吹、时代转型的阵痛和磨砺，他们的精神躯体既有红色的基因，也有黑色的抗体，因此他们有坚定的政治信念，也有清醒的自觉定力。因之，他们能咬定青山不放松，任尔东西南北风！他们能不管风吹浪打、乱云飞渡，我自岿然不动！

　　他们何以能在职场的攻坚摧垒中勇敢无畏、斩关夺隘，以自己的卓尔不群成为单位的翘楚、学科的大咖？他们何以能在事业的拓展中初心不改、担当使命，始终坚守着自己的精神高地，成为一方的"定海神针"？原因是，他们有无可替代的中原文化的支撑和自信——他们既有河洛文化的底蕴，又有仰韶文化的深邃；既有殷商文化的沧桑，还有新乡地区群贤争辉的红色文化的新锐……"先天下之忧而忧，后天下之乐而乐"的家国情怀已与他们的血脉并存，砥砺职场，知行合一，雄浑博大的中原文化在他们身上正焕发着新时代的风采和光辉。因之，即使红尘万丈、车马喧嚣，他们也能沉静淡泊，在心里修篱种菊；即使经历人生的险路窄巷，他们也不会离弦走板；即使远离庙堂身在底层，他们也有着"四面江山来眼底，万家忧乐到心头"的胸襟；即使悖运困厄，他们仍然坚信"长风破浪会有时"，定会"直挂云帆济沧海"！

　　他们何以能成为吃苦耐劳、隐忍不拔、笑对困苦、逆生长的一群人？他们何以能成为自信自豪、激情澎湃、无怨无悔、忘我奉献的一群人？他们何以能成为身在红尘、心在净土的一群人？因为，他们是一群嗜书苦学、知性守礼的读书人，他们是一群值得后来者朝咏夜吟的文化人。文化使他们脱俗，文化使他们尊贵，文化使他们向善，文化使他们向上；文化令他们规避了少知而迷、不知而盲、无知而乱。他们用文化知识那丰沛的涌流丰润着自己精神的园圃，最终长出了大写的人生之树，成就了他们硕果累累的华彩人生！

站在人生金色的秋天，让我们翘首回望来路吧——

看，中文832班这群人正从他们那成功的道路上，威武豪迈、脚步铿锵地走过来了！

他们的背景灿霞如火、霓虹漫天、光华万丈！

他们高举的猎猎红旗是中国共产党的党旗，上面有着开辟"环球同此凉热"的斧头镰刀的镶嵌！

他们引颈高唱的歌曲，是中华人民共和国的国歌——"起来！不愿做奴隶的人们！"正传递出石破天惊的震撼！

他们浓墨重彩的诗篇，是振兴中华那不朽的荡气回肠的辉煌书写！

听！他们那成功的道路上长风猎猎，正送来排山倒海的欢呼声——

致敬，新乡师专中文832班！

敬礼，永远的中文832班的精英！

　　　2020年8月19日18点32分激情作于洛宁翔梧路宅

弓力千钧东风劲，长空万里北斗明

——为《德里张氏家乘》杀青而作

欣闻《德里张氏家乘》杀青，不胜感奋，满腹激情，一吐为快。

职责所在，应该说话。

我是"洛宁县姓氏文化研究会"的顾问，《德里张氏家乘》的成功修辑编纂，不仅是张氏宗族的大事、幸事，不仅是功在当下、益于千秋的功德之举，也是对张氏宗族历史图籍资料的文化表达，更是洛宁姓氏文化研究的又一重要成果。

我谷圭段氏与德里张氏有着历史姻缘，为此发声亦在情理之中。

四百多年前，我谷圭段氏东南门第六辈处士段班，生一女段春秋，适德里村张论，段张两家遂结秦晋之好。

张论字建白，号葆一，赠中丞兑泉公讳士益之长子，生于明隆庆五年四月初四，明万历庚子科举人，万历庚戌科进士（第三甲第一百五十九名进士）。万历癸丑服阕，初授行人司行人皇华使节；万历戊午授陕西道监察御史；天启辛酉八月，奉旨巡按四川；天启甲子擢大理寺左丞；天启丙寅擢通政司右通政；崇祯二年升都察院右副都御史，巡抚四川，以平叛功，荫封世袭锦衣卫指挥使。著有《前后言兵事疏》二百七十余篇和《暑凉谷集》。

崇祯七年，李自成进攻永宁，中丞张论捐金八百，"婴城杀数十戎首，不暇食，昼夜瘁成疾殁"。张论卒于六月初八，寿六十四岁。明诰封资治尹、通议大夫。夫殁，淑人段春秋悲恸欲绝，亦不食欲从地下。

张论、段春秋生一子鼎延，中进士仕至兵部侍郎，生长孙瑁仕至淮安府知府，次孙璿中进士入翰林院仕至江南凤阳府兵备道。

据张鼎延儿女亲家、明书画家王铎的《明封淑人四川督抚葆一张公元配张母段氏合葬墓志铭》说，"按淑人永宁处士段公班女也，母冯氏，世居谷圭里"。处士段班之女段春秋嫁给张论后，贤淑能干，知礼仪，家事无闲，侍夫周到；并不顾他人讥讽，用自己私房钱给夫五弟娶亲成家。夫第一次巡抚四川时，她在家操持家务不失其柄，被封为淑人；夫二次巡蜀，她从之，夫能专心平叛，淑人之政也。

段春秋生于隆庆三年五月二十三日子时，卒于崇祯十三年十二月初七寅时，享年七十二岁。死后启中丞公墓，合葬于北里村茔。其死后二十日，闯王李自成攻克永宁城。

四百多年前段、张两姓的这段姻缘佳话，在历史的风尘中演绎得风生水起、折射得斑斓多彩，随时间的流逝更值得两姓后人崇敬、骄傲、珍重和缅怀。因之，《德里张氏家乘》的重修付梓，我岂能缄默不语？

研究姓氏文化意义深远，关注谱牒家乘趣味无限。在中华民族波涛汹涌的文化大河中，作为姓氏研究的抓手和载体——家谱文化，则是氤氲着平民芳香的一股清流。

家谱，亦称族谱、宗谱、谱书、家牒，是记载父系血缘、婚系家族世系，以人物、事迹、家族精神文化为中心内容的原始记录和史料文献。家谱，这一记录同宗共祖血缘集团的载体，是具有独特功能的、珍贵的人文资料，是一个姓氏族群与时间并存的生命史。它记录了世系族群的概况、氏族渊源、世代系统、人物传记、迁徙居住、婚姻嫁娶、子孙繁衍、家风家训、族规箴言等与其相关的政治、经济、文化

家谱的最初要旨和核心，在于隐恶扬善、蒙蔽真相以抬高家族的地位和声望，正因为它书写的是族群的正面历史，优秀教科书的功能也就显而易见了。它了源知本、明远近亲疏、范规定矩、维护团结、凝聚家族，可传承文化、启迪思想、借鉴得失、兴祖旺宗……正因为家谱迎合了中华民族寻根问祖的文化认同和情感涌动，它就闪耀出"我是谁？我从哪里来？我到哪里去？"的哲学光芒。

再者，家谱都具有强宗固族的精神作用。这种敦宗睦族、凝聚血亲的优秀功能，对于用积极进取的人生价值和社会价值来构建家庭环境、家庭氛围有着不可或缺的、无可替代的意义。那笃忠敬言、急公守法、遵纲守常、忠于国家、孝敬父母、雍和兄弟、友睦族邻、慎结婚姻、耕读传家、崇尚勤俭、哀矜孤寡、禁戒非为等家规家训，对家族成员的行为举止无疑有着规范和指导的积极作用，这也是足资我们当下借鉴的有益成分。家庭乃社会的细胞，小家安则国家安，小家强则国家强啊！

纵观中华民族历史的宗谱，我们会发现，那些人才相继、名流辈出的名门望族的兴起和传承，向上、向善的各具特色的族谱文化功莫大焉。不管是中国第一家孔子家族，还是两代三人写《汉书》的班固家族；不管是书圣王羲之家族，还是被毛主席赞誉过的出过五十九个宰相的河东裴氏家族；不管是家训万年传的颜真卿家族，还是进士世家翁承赞家族；不管是把经世致用作为家训的唐代杜佑家族，还是文坛佳话誉千古的宋代苏氏家族；不管是悬壶济世的李时珍家族，还是商界豪门山西王氏家族；不管是耕读世家牟氏家族，还是"清代中兴"做砥柱的曾氏家族；不管是晚清的李鸿章家族，还是状元实业家张謇家族；不管是见证了中国沧桑巨变的宋氏家族，还是"莫问收获，但问耕耘"的梁启超家族……他们都有着经世励志、积极进取、砥砺心智、坚韧追索的家谱文化，他们的姓氏族群在自己独特家谱文化的浸润下才茁壮成长、峥嵘自强、英贤迭出、族史辉煌。

另外，家谱作为一个家族的总记录，作为一部族群的发展史，不但能满足海内外炎黄子孙"树高千丈，叶落归根"的寻根谒祖的心理需求，也是海外华人与祖国亲人紧密相连的媒介和纽带。

同时，家谱是蕴藏丰富的资料宝库，是中华民族优秀文化的重要组成部分。因之，它是从事社会、历史、考古、经济、民俗、人口、民族、文学、政治、宗教、法学等各类学科研究的弥足珍贵的资料和依据。

追溯历史，家谱作为记录姓氏家族血缘关系的图籍，几乎与我们的文字历史一样漫长。研究发现，三千多年前殷商武丁时期的甲骨家谱《儿氏家谱》（这里的"儿"，就是后来的"倪"姓）就是我国最早用文字记载的家谱。先秦时，社会上就流传有《周官》《世本》等谱学通书。秦汉以后，又出现了《帝王年谱》《潜夫论·志氏姓》《风俗通·姓氏篇》等谱学著作。魏晋南北朝时，门阀制度盛行，家谱已成世族间婚姻和仕宦的主要依据，于是家谱文化迅速发展。隋唐五代后，修谱之风更是从官方流行于民间，出现了家家有谱牒、户户有家乘的盛况。到了宋代此风更盛，现在的家谱与宋代的家谱就是一脉相承的。梁启超在《中国史界革命案》中说："二十四史非史也，二十四姓之家谱而已。"由此可见，家谱这一中国特有的文化遗产，在中华民族的精神道统中是何等的重要和非凡。

姓氏是血统关系的标志，也是家族的徽记。姓起源于原始社会"知其母，不知其父"的母系氏族时期，是代表有共同血缘关系的氏族称号。而氏则出现于后来的父系氏族社会，是姓衍生出的分支，是古代贵族标志和宗族系统的称号。原始的奴隶社会，人立姓以别族群、以别禽兽，而氏则是用来区别贵贱的。姓重血统，氏重地域。中华一统后，姓与氏便开始合二为一，混合使用了。

此刻，就让我们穿越历史的时空，去倾听那澎湃于张氏血脉深处的滚滚涛声吧。姓氏起源虽然千奇百怪，但综合起来无外乎四种：因生赐姓氏、因德赐姓氏、因地赐姓氏、因职赐姓氏。张姓与我们段姓一样，都属于因职赐姓。五千年前的皇帝少昊青阳氏第五子挥，从星星的组合上得到启发，发明了弓。于是，皇帝封挥为专门制造弓的官叫"弓正"，乃赐姓张。

五千年来，张氏家族瓜瓞绵延、繁荣昌盛，当下人口近亿，已成王、李二姓之后，排行第三位的泱泱大姓。

张姓非但人多，且远播五洋、遍及全球。且不说东南亚地区的马来西亚、新加坡、越南、泰国、菲律宾、印度尼西亚、文莱的张姓众多，连澳洲、欧洲、非洲、北美洲也有张氏族人。

几千年中，张姓人才层出不穷：出将入相、科技艺文、诸家百业、星辰辉映。像竭诚谋国的匡世帝师张仪、张良、张九龄、张居正、张廷玉、张之洞；像千古流芳的张衡、张仲景、张陵、张三丰、张元素、张骞；像累世簪缨的张仓、张骞、张安世、张华、张文瓘、张说、张柬之、张仁愿、张浚、张鹏翮；像文武栋梁张释之、张汤、张奂、张绣、张飞、张辽、张郃、张宾、张彝、张须陀、张守珪、张孝崇、张巡、张议潮、张美、张俊、张宪、张世杰、张珏、张中彦、张泓范、张煌言、张伯行、张伦、张鼎延；像乱世英豪"天公将军"张角、割据汉中的"师君"张鲁、吴王张士诚、西王张献忠、大汉永王张乐行；像誉贯古今的名儒张禹、张芝、张揖、张翰、张僧繇、张子信、张遂、张继、张祜、张籍、张若虚、张旭、张萱、张载、张择端、张耒、张元系、张栻、张炎、张养浩、张可久、张路、张照、张澍，等等等等。近代、现代的张姓名人更是不胜枚举，国共两党中的张姓高级将领就有多位。张姓人才济济，如若灿烂群星，不但荣耀着张姓宗族，而且对中国的社会发展做出过重要贡献，值得崇敬和缅怀。

浩浩张姓虽然群星闪烁，但除传说中的玉皇大帝姓张外，却没有出过皇帝。遗憾之余，还得庆幸：正因为张姓没有出过帝王，在朝代更替的惨烈厮杀中，张姓宗族也就避免了被杀戮、被灭族的灭顶之患，这也是张姓得以繁衍壮大成为第三大姓的缘由之一。

另外，张姓的家乘谱牒也源远流长，可以考证的有：唐朝张太素的《敦煌张氏家传》二十卷，此后又有《曲江张氏家谱》一卷。宋元明清时各地张姓不断修谱，又在全国范围内统一修续家谱。明代嘉靖年间，张浚等人修纂的《张氏统宗世谱》有十八卷，后来又扩展到二十一卷，并附有《文献》，书中还附有《张氏古今迁居地理图》十七幅。民国时期乃至新中国成立之后，张氏修续的家谱卷帙丰富，成就卓著。

洛宁德里张氏亦属中原名门望族。其长祖仲文元末避乱从陕西同州雁羌迁徙至洛宁，迄今已六百多年，衍传二十五世，人越三万之众；除定居于洛宁县域几十个村镇外，且散布于洛阳、渑池、义马、宜阳、栾川、内乡等豫西多地，甚而远徙于至山西、湖北等外省市，辐射之广，叹为观止。

德里张氏家风敦厚、名人众多。明末清初的张论、张鼎延父子已使德里张氏的人才天幕绚烂夺目，以后的侠义绿林、仕宦名儒、乡耆贤达、革命志士更使德里张氏熠熠生辉。

此次《德里张氏家乘》的成功编修，是张氏家族文化的又一次彰显和光大，意义深远。且《德里张氏家乘》内容丰富、极具特色——不但有家谱序言、家族概况、世系考源、地名由来、历史沿革、著名事件、文化古迹，也有家规家范、家风家箴、人物著作、坊间文化、名人逸事，甚至还有对历代张氏家谱、家庙、祖茔、碑刻、牌坊、匾额等历史图籍的汇集和文化诠释……其包容之广、内涵之丰、编修之缜密，堪称家族之典、牒谱之范。

《德里张氏家乘》的闪亮问世，使德里张氏有了一枚灿烂的家族徽记，以此可详生殁、纪葬处、定尊卑、明支派、别亲疏、懂族规、了家风、承家范、励家愿、瞻前程、成大器。

叙谱修牒，乃是细致烦琐、严肃认真、劳心耗智的艰巨工作。在此，向参与、关心、关注《德里张氏家乘》编纂的所有人员表示祝贺和敬意！

尤其应该褒奖的是"洛宁姓氏文化研究会"的会长、德里张氏二十一世孙张泽武先生。他钟情姓氏文化研究，痴心张氏家谱修纂，自 1984 年迄今三十六年来，访镇逾县考察张氏支派脉络，未曾一日懈怠；走村串户收集张氏文献资料，朝夕奔波，未曾一日安寝。他主持编纂《德里张氏家乘》的全面工作，奔走呼号、把握宏观、缜密细部、呕心沥血、苦心孤诣、终成正果。张泽武先生苦以为乐、行以为荣、嘉言懿德、忠贞可旌、学问可称、文章可赞啊！其无愧于德里张氏后裔之典范，无愧于"洛宁县姓氏文化研究会"之会长，可谓恰当其才、实至名归！

最后，祝愿洛宁姓氏文化研究步步华彩、成果丰硕！

祝愿天下张氏蓬勃兴旺、源流万代！

祝愿德里张氏宗群瓜瓞绵延、枝繁叶盛！

张氏是以职赐的姓，是与弓箭、北斗星密切关联而昭示天下的姓氏。最后，就让我以诠释张姓图腾的两句话来作结吧——

弓力千钧东风劲，长空万里北斗明！

2020 年 11 月 7 日 9 点 23 分拟就于洛宁翔梧路宅

人 世 间

　　也许我还有点自知之明——

　　我知道，在这个人世间我没有资本任性。因此，我选择了平静中的感动。卸冠近二十年来，我的生活就是天天手不释卷，与我心仪的作家们进行着神交，与他们笔下的人物促膝谈心、嬉笑怒骂、同呼吸共命运：激情澎湃地于官场追求浮名，走火入魔，招蜂引蝶，拈花惹草；诚意饱满地和他们守规中矩，守身如玉；或和他们一块儿在流言蜚语、聚蚊成雷中红鸾星动，另寻新欢；也正义凛然地做着《儒林外史》式的暗讽隐讥，恶作剧似的演绎着《聊斋志异》式的狐媚传奇……一句话，我沉湎在精彩绝伦的文学里，持守着文学的炫目魅影，沐浴着文学的神韵光彩，用生命朝圣着文学，用文学支撑着生命，让文学那灵丹妙药般的奇妙须臾不弃地浸润着我的灵魂。最近，我又网购了第十届茅盾文学奖的获奖作品，徐怀中的《牵风记》、徐则臣的《北上》、陈彦的《主角》我已看完，正在看梁晓声的《人世间》的第二卷，想领略一下他是如何"于人间烟火处彰显道义和担当，在悲欢离合中抒写情怀和热望"的。我偏爱梁晓声，不仅仅因为我和他都是知青，不仅仅

202

因为他是知青文学的一面旗帜，更因为他是当代文坛与时代相匹配的现实主义作家。他能用平民视角、悲悯情怀关注和思考着人世间蚁民百姓的生存现状，他能用坚韧厚重、爽直大气、勇敢侠义的品性铸造和弘扬着可贵而稀缺的理想主义精神。

一下午看书看呆了，加之两个朋友请我吃午饭时多喝了几杯干红，发困，想调节一下身子，我离开书房爬上我六楼的楼顶，迎风伫立在女儿墙边，俯视着《人世间》外的人世间。

这是公元 2021 年的 1 月 7 日，名副其实的年头。又是农历冬月二十四日，亦是庚子年的岁尾。

这天，阳光明亮，但寒流来袭，全国普遍降温。河南天气预报说，这天是入冬以来最冷的一天。真的，寒风像刀片般锋锐、像蛇尾巴一样冷凛，我就在彻骨的寒冬里饶有兴致地与人世间对峙着——

极目辽远，山黛岗苍，洛河迷蒙，顿生望远胸襟大、凌空人世小的禅意。

拉近目光是房屋建筑的海洋，鳞次栉比、高矮错落的屋顶上大抵都被红的、蓝的各色的钢架所覆盖，太阳能热水器星罗棋布点缀其间……冬阳下，斑驳陆离中不时闪烁着碎金般的光亮。三九寒天，北风凛冽，整个县城似乎都被冻得僵硬和恍惚，只有鹤立鸡群般的高层建筑傲对苍穹，昭示着本身的威仪，彰显着房地产行业势头的强劲。

我真诚地祝福屋顶下那些世俗烟火中的庶民百姓，在征尘纷落的时代风潮中能安然地生儿育女，有充裕的柴米油盐；愿他们那琐碎的日常、平凡的愿望、美好的梦想都能如愿以偿地与生活握手言欢；愿他们不但安居，更能乐业！

老话说，穷不搬家，富不迁坟，生意不好修门楣。我收回目光，才蓦然发现楼对面不少家门面房的门楣、招牌修葺更换得出其不意、目不暇接："韩韵摄影"早已杳如黄鹤，挪走了还是停业了？我夫妇的金婚纪念照就是他们给拍摄的，两个年轻人技术挺好的，他们在激烈的行业竞争中还有一席之地吗？对面那家装修精致的卤肉店还没有混得脸熟就关门大吉了，现在成了一家卖火锅料的门店，一天到晚，门口安放的小喇叭不知疲倦地吆喝着"羊肉卷、牛肉卷，货真价实便宜啦……"一刻不停、反反复复就那么一句话，吵得人心惊肉跳、烦躁难安。妻子睡不成觉，几次嘟囔着要干涉，我劝她说："你看挣钱难不难？你不是信基督的吗，耶稣不是要普度众生吗？"挨邻的那家武汉热干面我觉得挺地道的，也因客源不济不干了，成了单县羊肉汤了。在人们的期待中，装修完毕，羊肉汤开张，还优惠顾客喝一碗送一碗，我们一家四口去尝鲜，只掏了俩人的钱，我只喝了那么一次就再没光顾过。连一个月都没有，这家刚刚开业的羊肉汤馆竟封门闭户再没见开门，哎呀，这不连人都要赔进去吗？唯有几家茶社，博彩生意还行，麻将室里常常上演无用的激烈竞争，重复着无聊的"砌墙"任务；还有的门面房租不出去，无奈之下，只得让自家的孩子卖儿童衣物了，能赚钱吗？但愿！

寒风忒尖，像有一万条鞭子在抽打着县城，道旁树发出冰冷无助的呻吟。街对面墙根处，那个小个子修鞋匠还蜷缩着没有收摊，勾头凹腰地做着活计。他是北边塬上人，凭着多年的掌鞋手艺终于在县城买了小产权房，在时光的霜杀雪埋中艰辛地吃着手艺饭。他妻子有点智障，常向我老婆讨衣服、鞋子穿，这正合了我老婆的意，她慷慨捐赠成全着自己的悲悯情怀。修鞋人有个女儿，上完职中到外地打工，每每提起女儿，骄傲、欣喜溢于言表。我知道，对他来说，女儿代表着希望，为了女儿，一辈子劳碌和苦厄都是甘愿的。他也懂得关系学，房前屋后谁家有了红白大事，他总是忙前跑后尽心竭力帮忙；我去修鞋，他总要少收块八角，涂点胶水、粘个鞋缝他是不要我的钱的。看来，人情关系乃人类社会的通则啊。靠此通则，万丈红尘中有多少人平步青云、飞黄腾达，又有多少人玩转商场、富可敌国啊；而像他这样一个修鞋匠，只是期冀着靠此法则来应对生活中出其不意的不测以保障自己的生存权利罢了。此刻，鞋摊旁就有几个人陪他闲聊，旁边有两只小狗竟不顾寒风的冷冽在撕拽不开地交媾，两个女人一个掩嘴而笑，一个对此指指戳戳说着什么。看来，情欲永远是人们无聊时最能提神的话题。

寒风中的街道喧繁不减，车阵如流，行人如织，只是人人包裹得像粽子一样，攒动如蚁，来去匆匆。十字路口的交警迎风肃立，一丝不苟地做着手势，指挥交通。

那个身着橙色上衣的跛腿清洁工，一手执垃圾斗一手拿笤帚，在寒风中毫不懈怠地巡视着，认真地盯着路面，像寻找自己丢失的灵魂，衣兜里的"老年听"不停播放着豫剧唱段，体现着他的乐观和豪迈。我理解，即使一地寂寥，他也要把自己的生活过得有趣、有色、有味。他的劳动应该受到所有人的尊重，我久久地向他行着注目礼。

我看见她了，她是个精致的女人，那含蓄的微笑、妩媚的身材、优美的唱腔给我留下了很深的印象。她是靠唱戏吃饭的，在县乡的正规舞台上、在丧葬白事的鼓乐班里，我都邂逅过她。我总点她，让她唱《秦雪梅吊孝》和《断桥》的唱段，男人都喜欢秦雪梅、白素贞这样的女人——对男人真情真意、实心实意……她唱起来手随心动、情随意转、声情并茂，我喜欢听。鼓乐班里，她的眼神总飘忽着一丝羞怯的自卑，我不知道这个熟悉的陌生人姓甚名谁，但我敬重她在荣辱无常的百味人生中谋生的选择。她用自己的唱腔养家糊口，淬炼生命境界，堂堂正正！再者，在官贪、商奸、民风失范时，她能用自己的唱腔去演绎公道正义这些社会通识，去呼唤伦理纲常世道人心，这不就是一个人的恒常价值吗？此刻，我似乎又听到了"谁的是谁的非天在上头"那九曲回环的拖腔中激奋的诘问和昂扬的不屈。这会儿，她要去哪儿？是赶赴一场堂会，还是……

她步履匆匆地进入我的视野，她丈夫在事业的高光时候因职务犯罪跌为阶下囚，我当时曾关切地向她询问情况，她愤怒地说："太黑了，倒贴两倍三倍的钱也不中！"我无语。花了不少钱，最终也没把丈夫打捞上来。多年疏于交往，估计她该退休了吧？她是黑板前的一轮太阳，一位好老师，现在是去私立学校代课，还是赶往学生托管班挣钱？

卖臭豆腐的蹬三轮老汉，卖牛筋面的推车老妪，收长头发、头发辫子换刀的骑摩托汉子，推销红木家具的宣传车……喇叭或高唱、或低吟、或南腔北调、或洛宁竹根腔，相互争强斗胜，最终又和着呼啸的北风融汇于轰隆混沌的街声之中。

人流中我没有发现那一对老师——不管晨曦暮霭，无论春夏秋冬，他总是牵着蹒跚趔趄的妻子，坚韧而倔强地跋涉着人生，践行和演绎着不离不弃、相濡以沫、执子之手、白头偕老的鹣鲽情深和大美活剧，给县城绘就一抹爱的色彩。

我还没有搜索到他俩——他是我下属单位一位事业心很强的领导，失偶后由一位年轻的女人陪伴他。据说在C市工作的孩子把他接去后不让他回来，并背着他卖掉了他的房子。他躲过孩子只身跑到C市车站，借了手机给年轻女人打电话求救说："我这就上车回洛宁，我手里没有一分钱了，你快去洛宁车站接我！"他回来后租了间房子，俩人相伴相依打发冬意已近的人生。我在楼前见过他俩几次，他没有用拐杖去支撑他的耄耋之躯，而是拄了一根和他争高的竹竿棍，显得随意而别样。年轻女人我估计要比他小三十岁，清爽干净，朴素腼腆，似有若无地依傍着他，温暖着他的孤独。无须剖析他们家庭内部的是非曲直，他俩的行为充盈着追求生命自由、坚守自己的生活方式、挣脱他人束缚的唯美精神，足以令人刮目相看了。好些日子没见他们俩了，他不会是走了吧？

一个收破烂的，喇叭高叫着开车而来，他我熟识，干这行几十年了，原来一把一拎篓登门串户小打小闹，现在与时俱进机械化现代化了。我积攒了不少废旧书报，还有废弃的洗衣机、电磁炉、旧自行车，我没打算给他，我在等她。她是洛河南岸一个村寨的，儿子替外国人打鱼，股骨头摔折成了残废，她丈夫到处求助无果……她推车子拾荒与命运缠斗，她那佝偻的身子、稀疏的白发，应该年逾花甲了吧？我要把东西无偿给她，今天却没见她，也不知她近况如何，有贫困救助吗？

手机有短信过来，有人给我报喜说我一个小老乡提成正县了，我为之一振，庆幸领导慧眼识人。他是个干才，想干事、会干事、干了事，他具有掌权的胸襟、德行和素养。我欣喜地发去短信祝贺："恰当其才，实至名归，祝贺老弟擢升正县！愿你仕途坦荡，迎风披靡，步步华彩！"他当即回复说："谢谢！感谢老哥多年来的关心和支持！"

天气预报真准，冷酷的西北风以狎玩的姿态愈发强劲，在寒冷的围猎中，素常那无处不歌、无处不舞的繁华今日不见，那荷净花洁、香远益清的丽人行今日也不再，但街道上仍人潮涌动、车阵磅礴，显不出人世间对冬月寒流的鄙夷相，仍然一派朝行夕至千里路、北汇南融万方情的太平情景。我说不清是人们在玩弄生活还是生活在玩弄人们。

寒风的冲击下，我对面几个胡同口，去年抗疫时安装的封闭铁皮门没有节律地撞击着墙壁，发出炮弹爆炸似的声音，似乎给人世间警示着什么。新冠肺炎疫害肆虐、有着悲剧色彩的2020年已渐行渐远，我国已科学地战胜了疫害对我们大范围的蹂躏，以昂扬的胜利姿态赢得世界的赞誉。年头岁尾，我国也不时有输入病例出现，个别地方甚至有蔓延的迹象，但我作为一个中国国民，对我国疫情的防控一直非常从容和自信——因为我们的政府给力！我们的人民听话！我们有坚不可摧的社会免疫系统！

"爷爷爷爷，来电话了，赶紧接电话……"我把孙女童稚的呼唤设成了电话铃声，妻子打电话说今晚中央一台仍然有电视剧《跨过鸭绿江》。我倏然浑身一热——我非常喜欢《跨过鸭绿江》，它让我再次领略开国领袖毛泽东的英明和伟大，崇敬中国共产党的智慧和胆略，感佩中国人民志愿军无往不胜的血性……我更看重它给我们带来的尊严，因为，尊严也是我们的核心利益!

我蓦地意识到自己的忘情,杖国之年的我竟然能在三九寒天的六楼楼顶待这么久,我的血脉陡然蹿动着激越的热能,产生仰天长啸的冲动。哈哈,老夫聊发少年狂,我要吼它两嗓子了——

三九冬月北风寒,无奈老朽心中暖。
国泰民安是我愿,同此凉热人世间!

2021 年 1 月 10 日 12 点 35 分拟就于县城翔梧路宅

乡愁萦魂

——上陶峪村概况

上陶峪是个灵瑞秀美的宜居村落

这里，山揽水环，自然宜居，钟灵毓秀：熊耳山北麓的神灵寨、狮子崖，巍峨雄踞，英武护佑；东岭、西坡莽若巨屏，两侧拱卫，并绵延阵峙而成峪谷，书名太阴谷，因制陶盛行又称陶峪；东西两条涧河环绕村寨汤汤北去注入洛河，涧河之口为"涧口"，涧河之西为"西陶峪"，涧河之东为"东陶峪"，涧河之上游为"上陶峪"。一个行政村，所辖蒿坪、柴沟、窑上、北村四个自然村。上下四村，祥瑞一脉，人杰地灵，统称上陶峪，千秋蓬勃；南北一涧，岗环三面，山清水秀，争雄神灵寨，万代风华。可谓雄奇灵秀，美不胜收，画中有村，村中有画。

上陶峪是个具有神性文化的传奇村

这里，有一个恩仇报应的文化传说：上陶峪明朝前曾叫

"蛇树村"，原村东南白玉庵碑文记载说，相传有乞丐夫妇，讨饭途中遇一条冻僵的小白蛇，心生怜悯，将濒临死亡的小白蛇置于袄絮用体温暖活，取名"暖儿"。几年后，乞丐夫妇已无力养活食量渐大的暖儿，遂将暖儿放生于东河桥头一棵老青櫶树的树洞里。暖儿成蟒后不再外出觅食，反而捕食过往行人，一时路断人稀，恐慌万状。乞丐夫妇听说后，专程来到櫶树下放置食物，遂唤暖儿吃饭，暖儿见是恩人送食，不假思索吃将起来。乞丐老夫乘其不备抽剑斩蛇，为民除害。村民为报答乞丐夫妇的恩德，在此盖庙以志纪念，庙的墙上就绘有乞丐夫妇櫶树下挥剑斩蛇的图像。明朝后，因此峪陶业盛行（现陶窑遗址可寻），始改为上陶峪村，但因果报应、知恩图报的神性文化却一直浸润着村民百姓。

上陶峪是个悠远深邃的古山寨

岗抱水环、朴茂自然的上陶峪面积为二十七点三四平方千米，除涧河两侧的平地外，百分之六十六为沟垴丘陵，但土地宜耕，环境宜居。坚毅勤劳的先民们傍水而栖，依崖掘穴，散布于西岭东坡、杨沟、烂沟、薛家沟、银沟、东沟、二狼顶、苦竹园、三观岭等坡凹丘陵之处，拓荒稼穑，繁衍生息，而后渐次聚集群居，挖壕夯土，筑寨成村。除固定长住的村寨外，冷兵器时代的先民们还择险选高，另筑堡垒据点式的围寨，以抗匪御患，逃凶拒祸。千百年的世态演变，特别是新中国成立后国泰民安，人口膨胀，村落寨墙已荡然无存，但岭巅丘极的堡垒性老寨仍巍然屹立，寨壕、高墙、堆台、垛口，荒凉中弥

211

漫着庄重的神秘，残缺中守望着精神的显赫，岁月风尘中昭示着古老和沧桑，成为一道老迈苍朴的历史景观以飨游人。

多年的瓜瓞绵延，迄今全村已有六个村民小组，二百九十八户，一千零三十六口人。戴、杨、段、卫、高、贺、李、郭、翟、王、陈、吉诸姓，互相融合，荣辱与共，经历代艰苦卓绝的奋斗、勇敢睿智的创造、攻坚摧垒的拼搏、一往无前的进击，上陶峪早已成为既山水秀美、风光旖旎，又古朴深邃、苍拙沉雄，亮丽而又厚重的新山寨。

上陶峪是个英贤辈出的人才村

峻伟峥嵘的高山、雄浑苍莽的丘陵、陶峪涧水的清流、林岚竹韵的灵异，千百年来陶冶滋润着上陶峪这片热土，这里勤为农桑、读书习文、奋发自强、忠职报国蔚然成风，文人武将相继，名流贤士辈出。且不说旧时代的名人志士、乡耆贤达，仅抗日战争、解放战争中，区区上陶峪村就有多人踊跃参加，并功勋卓著、出类拔萃：如新中国成立后，曾任西安市警备司令的杨志强，曾任咸阳军分区政委的杨志礼，曾任师政委、偃师首阳山热电厂党委书记的杨敬仁，曾参加过淮海战役、后任洛阳师院领导的吉贤林，曾参加过台儿庄战役、抗击日寇杀敌建功的戴成喜，新中国成立前就投身革命的正县级离休干部段荣生等，都永远令人仰望。

新中国成立后，自我升华、脱颖而出者更多。从政的勤政为民、政声斐然，从戎的因势赋形、步履华彩，从教的殚精竭虑、桃李芬芳，科研的睿智创新、硕果累累。不管农界、商界、科研界，还是建筑界、服务界，诸行多业都能以职为本、奋力拼搏、建功立业、闻名遐迩。多年来，上陶峪一直闪耀着人才的光芒，令方圆乡里艳羡不已。

上陶峪也是个砥砺奋进的蓬勃村

上陶峪历届领导合着时代的节律，沐浴着党的光辉，勇跃激情岁月的潮头，带领着全村百姓，坚韧不拔、开拓进取、栉风沐雨、砥砺奋进，改变着生产条件和生存环境——建水库、开渠道、砌渡槽、掘涵洞、平土地、修道路、建桥梁、栽果树、绿荒山、改饮水、盖学校、架电线……革命性地刷新着山村的面貌，根本性地提高着人们的生活质量，和谐地匹配着时代的发展，铿锵不懈地迈着前进的步伐，彰显着一往无前蓬勃扬旺盛的精神风貌，使上陶峪蒸蒸日上。

上陶峪还是个活力四射充满希望的社会主义新农村

近年来，乘驾强化"三农"的东风，受惠县直"精准扶贫"的帮扶，借助乡村振兴示范村项目的支持，干群协力强劲推进"两基"建设，村里发生着令人振奋的全新变化。申请资金一百零五万元修筑了上陶峪至砚凹的五千米公路；引资五十一万元修建了柴沟至水库一点四七千米的水泥通道；投资三十万元新建了党建服务中心，健全了综合性文化服务，设立了存书三千册的农家书屋党建书屋、家风家训馆、心理咨询站、综治中心等；铺设户间水泥路一千零五十三米；户户通电，路

213

路有灯；投资八点五三万元改建了村卫生室，完善了合格村医与农户的签约服务；投资八百余万元实施乡村振兴示范村项目建设：建停车场、建公厕、搞污水处理、修休闲公园、拓景观道路……极尽美化净化工程，提升着农村品位。

同时，拓宽致富渠道，"三产"并举，农殖林果兼备，延长旅游链条，突出观光农业，发展沟壑经济，打造"农家乐"，培育采摘园，引进走出，多策致富，已成效显著，华彩可期。

今日之上陶峪，四季纷呈：春临姹紫嫣红，夏到绿意葱茏，秋至霜叶烂漫，冬来竹林留雪作花、邀风为友；天朗水清，山巧岭拙，村舍焕然，道路整洁，宜耕宜居，宜游宜寿。

当下上陶峪人，民睿风朴、精神豪迈、众志成城、激情满怀，正瞄准希望的高端视野，雄心勃勃撸起袖子加油干——

上陶峪的明天一定会更加美好！

2021 年 2 月 16 日 17 点 4 分拟就于县城翔梧路宅

屈原的悲哀

——又逢端午祭屈原

两千二百九十九年前的五月初五，浪迹荒野、披发行吟、憔悴枯槁的屈原，面对国破家亡，百念幻灭，悲愤难握，自投汨罗江——以身殉国、以身殉志、以身殉道。

从此，以死抗争的屈原完成了生命赢家的定格——中国古代杰出的文学家的巨擘形象灿烂于中华民族历史的云霓之中。

从此，浩浩荡荡的汨罗江，浪柱擎天，英气断流，亘古不息地回荡着千古奇恨、千古奇冤和千古悲歌。

从此，五月五日这一屈原的忌日，成了中华民俗中的端午节。

从此，在中华民族的精神清流中，不但有了中流击水、拼搏奋进的龙舟队，还有了驱邪避祸的雄黄酒和深情幽香的端午粽。

逝者如斯，汨罗江与时空同在，汨罗江与时光同流，两千多年前屈原的纵身一扑，汨罗江溅起的浪花给后来人以不尽的启迪和诉说。

按说，屈原应该有个好结局——

他出身贵族，有深厚的政治背景；他"明于治乱，娴于辞令"，才干出众；他早年深受楚怀王的宠信，高居左徒、三闾大夫之位。他伴君左右、襄理朝政、竭忠勤勉，辅佐楚怀王对内变法图强、对外联齐抗秦，使楚国一度兵强国富、威震诸侯，他政勋卓著、政声斐然。

他志存高远，有念祖、忠君、爱国、恋乡、恤民的高尚情怀，居庙堂而忧其民，流荒野而忧其君，"长太息以掩涕兮，哀民生之多艰"。他有积极向上敢于探索的高贵品质，"路漫漫其修远兮，吾将上下而求索"。他有高度的历史使命感，主张修明法度、举贤授能、实行德政、富国强兵。

1953年，世界和平理事会把屈原列入世界"四大文化名人"之一，在中华民族文化的峰峦中，他是令历代文人仕子仰望的风光无限的峰巅。他的《离骚》被公认为中国古代篇幅最长、最具浪漫主义色彩的政治抒情诗；《天问》借天问道、借古喻今、叩问现实，极具神奇的想象力和科学的求索精神；《九歌》绚丽斑斓、结构精巧，塑造了美艳妖娆、庄重典雅的诸神形象而成为传世经典……

他情怀高洁、坚贞不屈、清醒自重，"举世皆浊我独清，众人皆醉我独醒"；他爱憎分明、刚直不阿，"宁赴湘流，葬于江鱼之腹中，安能以皓皓之白，而蒙世俗之尘埃乎"……他那钢筋铁骨般的峥嵘身影，两千多年来一直令后人端视和敬仰。

不论从哪个角度讲，屈原都应该有一个好的归宿。但，当年的社会现实对他异常刻薄：他因和国君意见相左而失宠，受奸佞陷害而落魄，他从意气风发的政治高光时刻跌入人生的窘境，两次被流放，政治家成了流浪文人；雄才大略、崇高理想在含屈忍辱的惨淡流亡中更令他痛苦、无奈、无助和尴尬。

　　这就是他，屈原，一个忠肝义胆、满腹才情的爱国主义战士的悲哀！彻头彻尾的悲哀，彻心蚀骨的悲哀。

　　他最大的悲哀是遇君不明。屈原一生经历了楚威王、楚怀王、顷襄王三个时期，他主要活动的楚怀王时期正是中国实现大一统的前夜，可谓"横则秦帝，纵则楚王"，可见当时秦国、楚国旗鼓相当，要么秦吃楚，要么楚灭秦。但最终，楚亡秦胜，天下一统。从某种意义上讲，秦胜就是秦王的胜利，楚亡就是楚王的失败。国与国的较量实质上就是王与王的较量，国与国的对垒和博弈就是君王与君王的对垒和博弈。国与国对抗中的胜负不仅仅取决于国家的硬实力，很大程度上取决于国家的软实力，取决于君王的政治品格、政治胆略和政治智慧的高下。国之强弱，全在国君，而屈原侍奉的两代国君却个个昏聩。楚怀王量小目短、朝秦暮齐、言而无信。谋略家、纵横家秦相张仪由秦至楚后，用重金收买了靳尚、子兰、郑袖等人充当内奸，同时以"献商於之地六百里"诱骗怀王，致使齐楚断交、自毁国策，屈原力阻无效，反被逐出朝廷，流放汉水之北。楚怀王二十四年，秦楚黄棘之盟，楚国竟彻底投入秦国的怀抱，这无疑是秦国大战略的国策性胜利，亦是楚国战略性、颠覆性的国策性失败。楚怀王屡中张仪之计，最终被秦国诱捕，客死他乡。新主顷襄王即位后继续实施投降政策，对内听任奸佞庸臣祸国殃民，对外媚秦自戕并怒驱屈原于偏远艰苦的江之南。公元前 279 年，秦将白起攻下楚国，次年屈原饮恨投江。

俗言不俗：箭头不发，努折箭杆；火车跑得快，全凭车头带；领导不领，水牛掉井……将遇良才、臣事明君，屈原遇到的是昏庸无能的君王，他纵有一统寰宇之志、经天纬地之才又有何用？面对两朝昏君，屈原也只有被流放的份儿了。

屈原的第二个悲哀是他所处的政治环境非常恶劣。当时楚国外有强梁虎狼环伺，内有蛀虫贪腐豪噬，社会千疮百孔、时弊丛集，国家利益与统治集团之间的利益冲突尖锐而深刻，朝中内奸设置陷阱，小人奸佞弄权当道，而屈原侍奉的两代君王又品格低劣、智慧低下、耳聋目塞、胸怀狭隘、目光短浅。如是，众人皆醉，一人独醒何用？忠臣贤良满腹激情力挽狂澜于既倒，又如何经得起芸芸小人的嫉妒和陷害？屈原身为宗室重臣，一心系国，无视小人的伎俩，结果昏君误国，奸臣亡国，正不敌邪，屈原惨败。

屈原和中国历史上的绝大多数文人一样，都有崇文而不尚武、文宏而少韬略的弱点。他的一切政治抱负、政治理想都寄托在臣服效忠的一国之君身上。他既看不到历史的趋势，更看不到民众的力量；他没有七十年后陈胜、吴广揭竿而起的无畏和决绝，也没有楚国贵族后裔项羽"力拔山兮气盖世"的英雄虎气，还没有刘邦以变应变、无所顾忌的猴气，更没有"枪杆子里面出政权"的先进思想……因之，进退维谷、百念俱毁时只有赴死殉志了。这是屈原的第三个悲哀——旧文人愚忠的悲哀。

屈原的第四个悲哀是他对楚国君王权力的过于依附、对人生选择的过于拘泥。他一条道走到黑，撞了南墙也不回头。其实，屈原所处的时代是"诸侯并争，厚招游学"的时代，各国争相招揽人才为己所用，礼贤下士蔚然成风。异国做官、他国赋志者多矣：自孔子起，及至后来的墨子、孟子、荀子、韩非子等等都"待价而沽"，审时度势，奔走各国，择地而入，寻找明君，开辟适合自己的政治实验田。孔子当年周游列国时，也曾被冷落过、怅惘郁闷过，但他没有绝望而走极端，而是另辟蹊径、苦心孤诣研究典籍，最终开创了博大精深的儒学思想。而屈原没有接受"可以仕则仕，可以止则止"的儒家价值观，却执着痴恋于自己的祖国——楚国，"亦余心之所善兮，虽九死其犹未悔"，宁死而不移，最终理想破灭，葬身汨罗。当然，屈原的这种执着，也正是他爱国情怀的集中体现。

我们站在今天的高度去回望历史，会蓦然发现，两千多年前的屈原为楚国所做的一切奉献和付出都是苍白无力的，都是无功无用的，都是逆潮流而动的无谓挣扎而已。当时，各国长期纷争、竞相兼并，人民饱受战乱祸害，民不聊生，期望和平、实现一统已成为历史潮流。历史潮流滚滚向前，顺之者昌，逆之者亡。而屈原在大一统的前夕，痛苦地为日渐式微的楚国施策，尴尬地付诸自我的政治理想，这不过是在摧枯拉朽的历史车轮面前拙劣地螳臂当车而已。当然，受历史的局限他不可能认识到他只不过是一个可敬的文人，可悲的具有气节的螳臂，可怜的政治殉情者，可笑的撼树蚍蜉……这就是屈原的第五个悲哀，受历史局限而又不能逃避的悲哀。

两千二百九十九年前的那个五月五日，面对滔滔的汨罗江，屈原扑江赴死的那一刻，到底想到了什么呢？

头年，秦将白起攻打楚国，引水灌城，淹死楚国军民数十万，并攻占了屈原的出生地——楚国国都。屈原一定看到了楚国的末日，绝望中才以身许国。

国君昏庸、奸佞当道、吏治腐败、社会黑暗，世人皆醉他独醒，世人皆浊他独清，他不愿与浊垢同流合污，毅然身赴江流，以自身之洁，用死明志。

屈原一生执着于自己的政治宏愿，倾心致力于楚国的强盛，可国君听信谗言，视他如草芥，弃之若敝屣。他出身贵族，身为朝廷重臣，竟遭两次流放，政治投奔无门，人生走投无路，无奈、无助、无语、无用，他一定仰天长叹怨生不逢时，他一定涕泪滂沱恨苍天不公，他一定心灰意冷绝望至极，才毅然决然以死殉道。

他是否还有另一层深意——当他对这个社会、对祖国什么也做不了的时候，想把自己作为一颗人体炸弹投入汨罗江，以期用振聋发聩的轰鸣去震醒朝廷、去警诫世人？这是屈原的第六个悲哀——他又失败了。他扑入汨罗江滚滚洪流，溅起的浪花显得无力，没有起到惊世骇俗的作用：楚王依然昏聩，朝廷依然腐朽，社会依然黑暗，楚国依然岌岌可危。从这个意义上讲，屈原自戕式的赴江自沉，无疑是他第六个悲哀之处。

两千多年过去了，朝代更迭，沧桑沉浮，但不管世情如何移步换景，屈原这一精神巨雕在中华民族的道德长廊中一直闪耀着爱国主义的光彩，历久灼目。

屈原的忌日竟成了中华民族约定俗成的纪念节日，这就雄辩地证明了，在中华民族的精神道统中，爱国主义是亘古不变的道德固守及高尚的文化基因。民富国强、中华大统，也永远是中华民族美好的期冀和向往。

仰望屈原——

忧国谁能与君同？铁骨丹心照汗青。

泪罗波涛歌忠魂，身共中华万古荣！

借端午又来，诚祝国泰民安、国疆一统！

愿屈原悲哀永世不再！

2021 年 5 月 10 日 13 点拟就于县城翔梧路宅

即兴四首

一、重阳雨

早已打算——
重阳节我要偕她，
登高望远赏菊花，
啸吟骋怀插茱萸。

不料——
宿雨到早晨还下得无边无际，
冻得颤抖的风破窗而入，
撞碎我记忆满地……

雨一会儿哗哗啦啦，
像她心灵私奔时的欢笑；
雨一会儿又淅淅沥沥，

又似她感情入港后的缠绵昵语。

他妈的——

重阳的晨雨怎么都是火星，

全部洒落在我的情山爱薪之上，

訇然间已成燎原之势……

狂暴的弥天烈焰——

熔化了我也一定熔化了她，

两个不得不同频同调地撒野：

烧它个天荒地老，

烧它个寸草不留、赤地千里！

2019 年 10 月 8 日 8 点 22 分于洛宁

二、冬日聚会①

外面是冬——

万木萧瑟。

室内是春——

群芳斗艳。

心是解冻的河，

思绪是御风的帆，

---

① 2003 年 1 月 14 日 18 点 10 分，忽忆起近日一群女性聚会时，女人间微妙的爱恨情妒，故即兴而为之。

223

恨是冬的肃穆，
爱是春的绚烂。
聚会使人太挤，
分散又眷恋挤的温暖。

三、秋回神灵寨

2019 年 10 月 20 日神灵寨红叶节开幕，我凑趣；10 月 22 日，著名的书画家、洛宁的老县长关俊声来神灵寨写生，我恭迎；三天里我两次到神灵寨：红叶似燃，秋色逼人，人在画中，诗上心头——

半山石瀑半山菊，
一谷秋溪一峡竹。
千峰腾焰羞云霓，
醉爱霜叶落霞时。

2019 年 10 月 26 日

四、上　坟

与我血肉相连的奶奶、母亲，
在我生命的旅途中先后走散。
清明前兄弟两家人回了趟老家，
寻觅椎心蚀骨的思念——
培土、挂幡、压纸，

224

叩拜至亲坟前，

话太多反哽塞无语，

任春风共我燎烧纸钱。

2021 年 4 月 3 日 16 点 33 分

2021 年 5 月 13 日 9 点 59 分辑于县城翔梧路宅

前路似锦

——激情澎湃话采风

2021 年 5 月 22 日下午，我应宋彩屏老师之邀，参加了对宜阳县红旗实验学校的采风活动。

一个古稀老朽，大热天从洛宁县跑到宜阳县参加采风活动，这种不可思议的唐突意味着什么呢？意味着老夫聊发少年狂，意味着年轻人的孟浪，意味着宜阳对我的魅力和诱惑，意味着激情和高兴……

见到宋彩屏老师很高兴。宋老师和她领导的"灵秀师苑风"团队，把"灵秀师苑风"这个网络平台办得风生水起、红红火火、令人喜欢、令人瞩目。这个平台，不仅人气旺、稿件多、质量高、有特色（诵读），还具有极强的文学性、严肃性、人民性，体现了以宋彩屏为首的一班编辑人员深厚的文学素养、长远的发展服光、优雅的精神长相和高超的思想境界。我的不少拙作就是她们推荐给更多读者朋友的，我这次去，也有当面表示感谢的意思。

第二个高兴，是终于见到了"灵秀师苑风"麾下的各位文友。我一直有一个观点：有文化的生活是诗意的生活，有文

226

学向往的人是高雅的人。今天参加采风的几十位作家都是文学的执着者，因此，在我眼里，大家都是高雅的人，都是有诗意的人，见到大家高兴！

洛宁、宜阳两县地头相连、一衣带水，洛河养育了我们，河洛文化造就了我们，我们两县灵秀一脉。我这个洛宁人专程到宜阳去参加采风活动，这是第三个高兴。

第四，选择到红旗实验学校采风令人高兴。这所省市公认的优秀民办学校，十年来稳居宜阳县城寸土寸金的中心地带，发挥着地域优势，优化着教育资源，遵循求真树人的校训，践行德育治校、质量立校、科研兴校、特色强校的理念，激情开拓，与日俱进，渐大渐强，终于成为拥有七十四个教学班、三百三十六名教职工、三千三百七十八名学生的九年一贯制规模性学校，历年来有四千名莘莘学子升入高中，其中有三百多人步入了中国人民大学、南开大学等高等学府的大门……红旗学校以骄人的成绩赢得诚信办学单位，成为宜阳教育天幕上的一颗明星，成为民办学校的一面旗帜。我是一个教育老兵，对教育有着特殊的情结，来此采风，岂不乐乎?!

第五个高兴是我意外地发现了一个令我感兴趣的人——红旗实验学校的校长张功新。

参加完红旗实验学校十年校庆新闻发布暨文学采风活动启动仪式，参观了校园，对接采风开始，张功新邀我到他办公室俩人煮茶叙谈。

我认定，他是个勇立潮头、激情血性的干才。十年了，学校由小变大、渐变渐强，一校之长功不可没，这雄辩地证明了他驾驭行政的能力；学校的教学业绩说明他是个教育行家；民办学校在市场大潮中的机遇和挑战，民办学校在利益蛋糕的切割及社会觊觎中的应对……一系列难题的解答，说明了他的睿智。

在说到当下的教育宗旨和学校功能时，我阐述了我的观点——在教育剥离了阶级功能后，学校的一切活动不管再眼花缭乱、再多彩纷呈，都必须服从于教育价值观，那就是：让学生汲取知识能量，引导学生的人生向往，塑造学生的精神长相。否则，活动将是无用的，甚至是内耗无益的。

张功新竟心悦诚服地接受我的观点，说明他是个虚怀若谷的教育领导者。

当得知他和宋彩屏老师都是我妹妹三师时的同届同学时，我陡生出亲近和亲切来。

归途中，麦香袭人，途景如画，激情满怀。

祝愿"灵秀师苑风"越办越好，成为文学爱好者的家园，成为区域文学的一面旗帜！

祝愿各位文友在朝圣文学的道路上步履华彩、收获丰硕！

祝愿宜阳红旗实验学校步步层楼，成为实至名归的一面民办教育红旗！

祝愿张功新及其教职工们都能成为影响宜阳明天的人！

车疾如飞，天光若彩，前路似锦……

2021 年 5 月 23 日 18 点 14 分拟于县城翔梧路宅

来自黄昏的消息

消息来自黄昏——电话说，抓紧去搞身份验证。

我心里嘀咕：大数据时代，一个老人的存在与否还需要自己去验证吗？那些爬逐不动的人咋办？这是个讲人性、讲和谐的社会，用人文关怀也可以验证一个老人的死活啊。

嘀咕归嘀咕，次日八点，我踏着点到了社保局。

我说明来意，姑娘疑惑地瞄我一眼说："我们没通知呀！"

"可能是单位。"我解释。

她踮着脚从柜子的顶部抽出一张《领取社会保险待遇资格认证指南》给我，指着上面的河南社保的二维码说："手机扫扫。"

我说："我手机上下载有河南社保和个人社保查询。"

"手机给我。"

她的手似乎有魔力，轻轻一拨拉，一个页面就跳了出来。昨儿黄昏接到消息后，我就在手机上鼓捣了半个时辰，最后沮丧了之。此刻，我产生了一种落伍感和被遗弃感，在手机引领生活的当下。

"正视，眨眨眼……张嘴，眨眨眼。"

随着她的指令，我乖乖地变化着表情，手机终于发出"叮"的一声。她把手机递给我："好了！"

"好了？"

"好了。"

啊——我知道，我还活着！

一个熟面孔进来，我无话找话地问："我退休多年了，过去咋没叫验证身份哩？"

"年年验的，过去可能不太严，单位替你签了吧？"她严肃地说，"今年开始要年年验证，严得很，身份不验证，系统就自动把你销号了，养老金就没了。"

我知道那叫社会死亡，自嘲道："验证就是验明正身，看你是否还活着。"

她笑："就那个意思。"

我蹀躞而出，走得很小心——

头天下了雨，路面还湿，我不是怕摔跤丢了健康，甚至丢了性命，我是担心摔碎一个老人的尊严啊！

2021 年 6 月 19 日 9 点 51 分于县城翔梧路宅

这个世界我来过^①

我是——段文明!

我自豪地宣布——这个世界我来过!

公元 1947 年 8 月 31 日,当陈谢(陈赓、谢富治)大军四纵十二旅攻克洛宁县城的炮声响彻神龟献书^②大地的时候,我已降生在涧口乡柴沟村段荣生、尚秀英家的一个窑洞里四个月零十一天了。

像每个普通人一样,上初小、念完小、读初中、进高中。其间,虽不谙世情,但也经受了社会变革的洗礼,饱尝了生活的苦、涩、酸、甜。待"文革"活剧拉开帷幕时,我已是洛宁一高中六六届的毕业生了。

激情似火的年代,以激情似火的方式锤炼着每一个人,亦

---

① 此文根据散文《我》扩展而成。我给家人交代:当我离开这个世界时,一不要放哀乐而放我钟爱的《父老乡亲》歌曲;二是我事先把此文自己录音,到时播放,算是我对这个世界的最终告别;三是我葬于母亲脚头陪伴她老人家尽孝永远;四是我预先写好的墓志铭与我同葬。想起身后事,故有此文。

② 相传远古时神龟负书从洛水而出,此地为中华文明的发祥地,濒临洛河的长水乡现存有"洛书出处"碑。

促我早熟。1986 年 10 月 25 日，我怀揣着县革命委员会发的"雄文四卷"，扛着烙有"广阔天地大有作为"字样的铁锨，回到了大山皱褶里的家乡务农，成了回乡知青。

是家乡的名山神灵寨的钟灵毓秀和狮子崖①的俊伟雄奇，赋予了我对家乡的恋情；是汤汤的山涧清波，洗濯了我雄性的元气、勇气和志气；是沧桑雄浑的千古陶峪②那林岚竹韵，酿染了我本源的乡土情结；是父母的谆谆教诲和父老乡亲的殷殷期冀，鼓动我获得人生爬坡的激越和登高一呼的振奋及心醉……

1972 年春到 1979 年秋，我在家乡上陶峪大队当了八年的党支部书记，带领乡亲建水库，砌石渠，架渡槽，修道路，削平山坡修梯田，南坡岭脊栽苹果；架设高压线路，点亮山乡希望之火；开山凿道，引来清泉浇灌家乡理想沃土……

其间，几次让他人艳羡不已的招工和上大学我都断然拒往，因为我钟情于上陶峪这片热土，我深爱着上陶峪的父老乡亲，我立誓要当邢燕子式的知识青年，我要争做陈永贵式的农村带头人，我要实现改变家乡穷山恶水的宏愿。别人笑我傻，我却赋诗挂于堂屋以自励："迷恋山乡风，欢悦农人情。扶犁耘晚霞，舞锄迎日升。汗水涤污垢，雨霜锤心灵。谁道农人苦，岂非干革命?!"我把自己的青春撂在了家乡的荒坡厚土之中，把根扎在了父老乡亲的心田里。

---

① 神灵寨、狮子崖是我家乡的两座名山，现已建成地质森林公园成为旅游景区。其他诸如西崖、东坡、寨岭、上沟堰……都是我家乡的地名。

② 我的家乡古来盛产陶器，南北十里的一条峡谷俗称陶峪，涧河上游的村叫上陶峪，涧河东的叫东陶峪，涧河西的叫西陶峪。

1979 年末，我到涧口公社社办高中代课，像粉笔末一样洁白而没有油水的生活，一晃就是三年多。我坚持把寓乐于教、寓德于教、寓美于教贯穿于教学之中，立誓以园丁般的心血去浇灌祖国的幼苗和花朵，使他们长得合抱参天，开得姹紫嫣红，决心为人民的教育事业竭忠尽智、呕心沥血！

但代课教师的苦涩和酸楚像潮水一样不时冲击着我，产生不可名状的惆怅和抗争。我躲进书海，与于连一块儿去敲开市长夫人的窗户；与阿尔芒一块儿去寻觅茶花女的爱和恨；与李白一起仗剑远游；与辛弃疾一起"醉里挑灯看剑"；与苏轼同游赤壁，凭吊雄姿英发的周郎，抒古人之幽情，叹人生之短促；也与贾宝玉一块儿穷旋于宝钗和黛玉之间，卿卿我我、泪洒情海、神驰魂牵……多少个群星灿若宝石的夜晚，抗争之神如影随形，孤寂的泪水激活心中的不平，仰望深邃、幽远、玄奥、广袤的天幕，孤身只影绕操场踱步，如痴如狂，夙夜不疲；又有多少个斗枢暗转的深夜，我身居陋室伏案疾书，写出一篇篇小说以抒发内心的情愫和追求，让虚假的憧憬来调剂寡淡屈辱的生活。"而立"已过而未立，心中慨然不已，写下"壮年抱骥志，搔首发已稀。逆运慨倍增，坎途砺志趣。举头惭雄鹰，俯首愧游鱼。仰天放声啸，生我必有益"的诗句，来宣泄心中那伏枥的无奈和希冀。

终于，命运垂青，1983 年的 9 月，我手持勤奋之剑，敲开了新乡师专的大门，刻苦之神伴我读完了两年的中文专业。

1985 年 7 月毕业回县，第一次发了薪水，摘掉缺粮户帽子的释重之感、迈进"公家人"门槛的舒心之意油然而生。在县整党办十个月后，就任全县最大乡——赵村乡的乡长，四个

233

月后任党委书记，重又回到了老百姓之中。安民心拨乱反正，稳局势保一方平安，理思路带民致富，修路、架桥、开矿山、改水、建校、栽果树……一干就是三年。

政坛像一出永不谢幕的长剧，你方唱罢他登场。1989 年 6 月我回县当了计生委主任，攻天下第一难的堡垒——整队伍，定制度，建乡所，搞突击，宣传计生政策，控制人口增长。

1992 年 10 月，离开了难舍难忘的计生委，到卫生局当局长——稳局势，抓内涵，搞硬件，创效益，济世救人，护佑一方苍生。光阴如梭，一晃就是四年。

1996 年 9 月，身负厚望出任教委主任（局长）。2002 年 3 月退居二线，结束了自己的政坛生涯。

在教委的六年，那是一段汗水伴着艰辛、心血浇灌辉煌的时光：舍家忘命的省市"两基"（到 2000 年全国基本普及九年义务教育、基本扫除青壮年文盲）验收，刻骨铭心的二百七十三座教学楼的建设，与时俱进的教学质量的提高，梦萦魂牵的教师综合素质的优化，赏心宜人的花园式学校的创建，安居大厦的拔地耸立，电化教育的异军突起，办公条件的彻底改善，内部改革的成功实施……都考验着我驾驭全局的能力，耗蚀着我的心智，透支着我的生命。

回望来路，心海鼓荡起"前不见古人，后不见来者"的孤傲、自恋之涛，升腾着"会当凌绝顶，一览众山小"的满足和惬意。

回望来路，诠释阐解市井百态，品味回嚼人间万象，感慨不已——纯净的童稚欢悦、陶醉的母爱家趣、淳厚的乡情民俗、诱人的同学情谊、酥心醉脾的离情别恋，以及受挫时的困惑、进击时的激奋、成功后的喜悦……都渐成远镜头，推移到时光隧道的另一端。美丑共生、善恶共存的权力场上，功利性的席上对酌、伪善的月下品茗令人厌恶；"门前仆从雄如虎，陌上旌旗去如龙"的权力喧嚣使人难觅一刻心静；博弈之交、饮食之交、势利之交、意气声名之交……沸沸扬扬的俗陋潮水冲刷着力不可支的心；同僚相妒的暗礁、陷阱使人避之不及；强烈的成功欲使人殚精竭虑超负荷工作，无私无畏攻坚摧垒年年不疲；极强的责任感和事业心又使我舍家忘命、守岗履责、开拓进击、如履薄冰……

充满无穷刺激的官场终于离我远去，我自觉功德圆满、不枉此生。不管身后赞语如潮或褒贬参差，我坚信时间将会拭净不白之尘，真心为民者定会久而弥光。我不敢说眼、鼻、耳、舌、身、意六根已净，但跳出水深火热的官场确已心静似水——恩怨亲疏如烟如云，荣辱沉浮无须挂心。让超凡脱俗的高尚人格和犀利的牙齿，去咬破七彩红尘中那些忘恩负义的卑鄙和无耻、争权夺利的龌龊和邪恶、卖身求荣的可恶和下贱、小人得志的贪婪和轻浮吧！

回望来路，扪心自问：我不能算个领导，却时时有先父老乡亲之忧而忧、后父老乡亲之乐而乐的意识；我还算个领导，却时时把心融入社会底层的父老乡亲之中。我像热爱生命一样热爱事业，常有恨铁不成钢的急躁和苛严，也时有力不从心的无奈和失衡。我热爱生活，却也能潇洒地接受错位。不管是幸运和厄运交错，还是掌声与白眼相伴，我固守着自己的人生信条：天地容我静，宠辱心不惊。紧紧把握着命运之桨，不至于泯灭自我，一任时代潮汐的涨落。

瞻望前程，一种闲适恬淡、悠然自得的别致和轻松像春风一样迎面拂来——再无丝竹乱耳、灯红酒绿的浮华和奢靡，再无迎高送远、繁文缛节的重荷和烦扰……我终于可以关闭寂寞之门，隔绝尘嚣和浮躁而清静自处了！从此，嫁与文学与之为伴，倾诉生活之感悟，絮语人生之甘苦，以勤耕不辍的艰辛来圆与生俱来的文学梦；从此，可率性而活：床前戏孙，庭外弄圃，东篱赏花，南山寻泉，闲云野鹤，仙踪神态……

我像谁？

像一只耐得住寂寞、守得住心中一方净土的踽踽独行于丛林中的老虎，冷面热肠，我行我素，独来独往！

不，我谁也不像，只是芸芸众生中的一个"唯一"——

我就是我！我还是我！

尽管我执着着事业、钟情着文学、珍爱着生活、守护着家庭、看护着亲情、痴恋着真爱，但生命若霞也会消退，红日似火也会西坠。如果有一天我要走了，我亲爱的家人、亲爱的亲朋好友、亲爱的父老乡亲、亲爱的爱我的人和我爱的人，请不要悲伤！新陈代谢，晨夕交替，这是谁人都逃不脱的自然铁律。我是要去陪伴我仙逝的亲人，我是要去参与另一轮的轮回，我是要走向物质不灭的永恒！

亲人们，在神秘魔幻的时空里，我曾披过人皮就是一种莫大的幸运啦，何况在人生的旅程上，我还有幸与你们相逢相识、相亲相爱、相携相帮，这不就是上苍赐予我的辉煌奇遇吗？我可以满足而自豪地宣布——

这个世界我来过！

我遇到过这么多的亲朋好友，此生足矣！

亲人们，我们缘已断而情未了。今生旧爱醉如酒，来世新情酣若梦！

我并没有走远——神灵寨极顶那超凡脱尘的白云，就是我纯洁的灵魂；狮子崖峰巅那啸咏骋怀的猎猎长风，就是我所向披靡的精神；欢快奔放的滔滔涧水，就是我灵动的睿智；西崖、寨坡的奇绝沧桑，正是我亘古的挚爱；上沟堰、南岭的苍劲雄浑，正是我风雷暗蓄的坚韧不拔；蒿坪、柴沟、窑上、北村，上下四村，灵秀一脉，祥瑞上陶峪，正是我生命奇崛的独特支撑；东岭、西坡、涧河，南北一峪，岗环三面，争雄神灵寨，正是我眷恋故土的不竭动源；家乡，山壑蓬勃的葱茏、库水如练的风致，也正是我永恒的笑靥……

亲人们，我会一直栖息在历史记忆的枝丫上，时时刻刻在看护着你们、保佑着你们——

保佑你们永远安康幸福！

保佑你们的生活美妙如诗！

保佑你们的生命丹彩如画！

也保佑段氏家族枝繁叶茂，永世昌盛！

1996 年 6 月 14 日在卫生局办公室忽来灵感，
随性一气呵成

2020 年 4 月 27 日扩展为《这个世界我来过》

家乡，安放我灵魂的庙堂

我生在一个小山村
那里有我的父老乡亲
胡子里长满故事
憨笑中埋着乡音

我钟情《父老乡亲》这首歌，不仅仅是因为它曲调优美得令人产生幸福的冲动，不仅仅是因为歌词契合我黏稠的乡情，不仅仅是因为歌唱家演绎得倾情而完美，更重要的是，它能惊醒我对家乡、对乡亲的深情记忆家乡，是我安放灵魂的庙堂——

1947年有两个二月，我是在闰二月最后一天的旭晖里出生的。我出生在洞口乡上陶峪柴沟村的一个窑洞里，出生地自然就是我的家乡了。

追根溯源，"家乡"是有外延的：明洪武六年至永乐十五年这短短的四十四年中，当时从富庶稳定的山西大规模移民他乡的就有十多次。就是这个时期，我段氏始祖携二世祖兄弟六人告别山西洪洞大槐树，别亲离乡，凄惶艰辛地辗转千里，来

238

到了豫西洛宁的谷圭村。六百多年的瓜瓞绵延，始祖长子（其余五人散布他处）的枝丫已繁茂扩展到十一门派数百口人。一百多年前，归属谷圭段氏南东门这一支派的天祖良泰范氏夫妇携三子一女迁徙到了偏僻荒蛮、荆棘丛生的柴沟村，他们白手起家，依崖凿穴，洞藏而居，拓荒而食，繁衍生息。

1950 年，我家窑洞坍塌，无奈中买了北村一个叫尚京的宅院。一个灰黄的月夜，我们一家从柴沟村挪到了北村。我清楚地记得，是我老姑父戴天遇把三岁的我抱到新居的。七十一年过去了，至今我似乎还能闻到老姑父搭在脖子上的长杆烟袋那浓烈温暖的烟草味。

北村，在 20 世纪 50 年代还是个严谨规整的小山寨。三十来户人家，一百多口人，都圈圈在壁垒森严的寨圩子里，高耸的寨墙、厚实的堆垛、三寸厚的榆木寨门，昭示着它的坚不可摧，诉说着御敌抗凶的决心。正是这座貌似坚固的小山寨，1932 年的一个黄昏，却被刀客张大脚（贺贞）的队伍攻陷血洗。乡亲们把这次村寨失陷简称"失寨"。其因由，有的说是刀客的先头部队讨水喝被侮辱性地蛮横拒绝所致，也有人说先头部队把这个"北村"误当成了他们要复仇的陈吴德里（德里村又名北村）那个"北村"了，纯属一场误杀。这次被杀害的有名有姓的二十一人，也有人说被杀害了三十一人，但都说当时村外庙院西屋的三间房都被死人摆满了。且被害的几十人中大抵是青壮男丁，村里幸免的尽是老弱病残和孤儿寡母了，其惨状不堪回顾啊！

我家就是从南山根的柴沟村搬到这个多灾多难的北村来的。柴沟和北村两村之间还夹有一个自然村——窑上，三个自然村背依东岭，面朝涧水，南北次第排列，灵秀一脉，统称上陶峪。家乡上陶峪这个行政村，处于东西两山岗、南北一涧河勾勒出的峡谷南端。曾几何时，峡谷里陶业鼎盛，名闻遐迩，约定俗成，名随意走，谓之陶峪。涧河由南而北注入洛河，出峪之口谓涧口，涧河之西称西陶峪，涧河之东称东陶峪，我们村位于涧河的上游，自然就叫上陶峪了。

这是片能令我苦出眼泪、累出眼泪、笑出眼泪、爱出眼泪的热土。

我生于斯、长于斯，家乡的青山秀水滋养我灵睿繁茂，激扬奔腾的滔滔涧河洗濯出忘我和纯净，缠绵灵异的林岚竹韵酿染我痴爱家乡的一往情深……在我青春蓬勃的时期，我在家乡当了八年的大队支部书记，带领父老乡亲自力更生、艰苦奋斗、战天斗地、开拓创新，修水库、架渡槽、凿涵洞、砌石渠、绿化荒山建果园、修路架桥平土地、改水建校架高压……历史性地改变着生存条件，激活着旧有的庸常生活，注入着崭新的希望。也许正是这里的一草一木、山山水水都曾附有我的心血和青春印记，即使我走出上陶峪主政他方时，我对家乡这片热土、对乡亲父老赤诚不改、眷恋有加、萦怀于心——防病改水的物资材料我无偿送给村里，以改变乡亲们吃水的困难；捐赠的面粉、衣物、款项我首先想到的是救助家乡的父老姐妹；一有能耐，我率先拨款盖起家乡的教学楼，彻底改变了村里的办学条件；村里盖教学楼没有合适用地，我主动出主意在我宅院前起土垫地盖楼建校，不惜自己的宅院被遮挡……父老乡亲是最讲良心的，他们不时提着我的乳名念叨："明不赖，他可给咱村办事啦！"我很受用，因为，当个人首先是需要家乡认可的。

多年来，我不管身份如何变化，一直守候着乡情的质地和立场，甚至把这种对家乡的痴爱氤氲扩展到洞口地区和洞口老乡，与时俱进地不断演绎着乡情景观。我一意孤行地率先扶持盖起洞口卫生院的门诊楼；把凤毛麟角的医学院校毕业的本科生强行分到洞口乡卫生院，先让老乡受惠；为了激励洞口乡各村早日盖成教学楼，我从捉襟见肘的教育经费里抠出一万两万也要象征性地给予支持，当时上边没有硬件建设的专项资金，这种杯水车薪的支持虽不能根本改变教学楼建设的经济困境，但这种物化的精神鼓励给予他们改变学校面貌的决心和恒力，正能量的促进效果异常显著……后来，"老乡"二字已演变成了打开我心灵中乡情的密码，只要是老乡，不管认识不认识，不管事大事小，不管事情能办不能办、好办不好办，一念及此，我都会无条件地尽力而为之。我认为给人办不办事取决于三点：一是想不想办；二是有无权力办；三是有无能力办。老乡的事我是趋向于办的，即使敏感棘手的人事变动、就业安排，甚而超越我的权限，我也都会想方设法尽我所能，不惜求左央右、曲线救急、打擦边球。有这么个趣事：我一个具有潜质的小老乡屈就于一个副职的位置上，我觉得可惜了，在他全不知情的情况下，我无事找事、不厌其烦地去游说左右他政治命运的人，去公关关键部门，最终如愿以偿，成功推举他成为一方主帅。此类事非此一例。我莫名其妙的主动，没有其他缘由，皆因"老乡"二字。

夤夜独坐，盘点自己，反省过往，感慨倍之——

乡亲情谊山高水长。在家务农时，我曾两次拨宅盖房，都是乡亲们无私无偿地支援帮忙才使新房竣工的；多年来，家里每每有事，乡亲们闻风而至，给予家人般的关照关爱、亲人般的排忧解难。去年，我把乡亲们多年来有恩于我的境况和琐碎写成《感恩录》发给了孩子们，嘱他们永远珍存，铭记勿忘，滴水之恩，涌泉相报！

我离开家乡进城居住已经三十二年，时间和地域都没有割断我与家乡情感的脐带。即使我有了更广阔、更丰饶的生活，我反而更加小心地呵护着乡情，并不时用乡情去安抚自己内心深处的苦难日常。

乡情永远是双向互通的，小处见大。每每春和景明，总有乡亲给我送来山韭菜、紫藤花等土特产，他们像家人一样熟悉我的口味、关照我的嗜好，令人动情。他们有事，我也会积极主动地施以援手，一心一意、诚心诚意地给予帮助……

在复杂的人生旅程上，在充满渴求的俗常生活中，乡情无疑是亲情的流脉，"老乡"无疑是乡情的辐射。乡情能延长一个人心灵的长度，能拓展放飞自我的天宇，乡情的炽烈可解冻人生的冰河——这与功利无关，这是我恒定守护的精神审美。因之，对家乡，对乡亲，心之所爱，力之所向，恒以贯之，无怨无悔。这是一种可圈可点的高远情怀，还是狭隘的地域偏见？这是崇高感情对人生洇染出的绚烂，还是小农意识沉淀于基因的劣根性？在我情感的版图上，乡情那夺人眼球的光彩一抹，在乡情召唤下我剑走偏锋的独到和倔强，对此到底如何评判和打分，我不计较，应该让时间和他人说话。

也许，我独特的经历、独特的感情趋向，使我需要乡情的温暖。《父老乡亲》这首歌我钟爱有加，爱听它、爱唱它、沉醉它，就在于它是乡情的艺术表达，契合了我痴爱家乡的感情向往，它那作用于灵魂的爱的旋律，恰恰能给我乡情的温暖，能给我幸福的乡情抚慰——

　　我生在一个小山村

　　那里有我的父老乡亲

　　小米饭把我养育

　　风雨中教我做人

　　临别时送我上路

　　几多叮咛

　　几多期待

　　几多情深

　　啊，父老乡亲

　　我勤劳善良的父老乡亲

　　我同甘共苦的父老乡亲

　　树高千尺也忘不了根

　　对家乡的痴爱已融入我的灵魂，这种爱不只与我生命同行，即使我跳出红尘，乡情也不会随即而逝。因之，几年前我就几次郑重和家人交代：当我告别这个世界的时候，不要奏哀乐，要播放我心仪的《父老乡亲》……让我的乡愁永远葳蕤于人们记忆的园圃，永远漫漶于家乡的青山绿水。我很自得，因为我敢于关照自己的后事。

　　人，都会被时间打败。

　　人，都想拥有一座自己的庙堂。

家乡，就是我的庙堂——

皈依灵魂！

安放精神标本！

2021 年 9 月 3 日 20 点 30 分于县城翔梧路宅

残缺的人生路戏 (后记)

步入杖国之年，蓦生昨天愈来愈多、明天愈来愈少的紧迫和审视自我的凝重。回望来路，我发现自己是一路走一路唱着逶迤而来的。不管坎坷曲折、山高水险，还是曲径通幽、柳暗花明；不管攻坚摧垒、斩关夺隘，还是长风破浪、意气风发，我都是亦步亦趋地跟着党、如影随形地贴着政治时尚边走边唱的。怀抱党的崇高理想，和着当时当地党的主旋律，从不离弦走板，从不荒腔变调——从青少年、学生时期，到职场拼搏、赋闲退休，概莫能外。

我在解放战争的隆隆炮声中幸运出生，在猎猎的五星红旗下健康学步，在如火如荼的社会主义改造和建设中求学上进，在艰难困苦的奋斗中磨砺心志，在激情似火的岁月中塑造精神长相，在改革开放中砥砺前行，在告别职场后愉悦自我，在退休的散淡中享受随心所欲。

我是个普通的基层共产党员，我是芸芸众生中的一介草民，但在时代大潮的裹挟下，我的每一个脚印都印证着时代的特色，我的每一个唱腔也都体现着当时党的主旨——不论学生时期的作文，还是从政时的讲话，或者有感而发的文章。

245

因之，2015年初，我选择性地把我各个时期近五十万字、七百页许的文章，以《一路走一路唱》为散文集的书名制成了电子版，打算出版发行。我不敢说我的每一篇文章都有文学性、都有可读性、都有启迪性，但我敢说每一篇文章都有真实性、都有唯一性、都有时代性。连缀看，既能看出我这一代人成长的历程，也能清晰明了我们党、我们新中国各个时期的发展态势。这正是这个散文集所具有的独特价值。

2021年5月19日凌晨，辗转反侧中，忽有灵光乍现——正值我党百年华诞的喜庆之际，我这个循着党的指挥棒一路走一路唱，有着四十九年党龄的老党员，为什么就不能把自己各个时期和着党的主旋律的"唱本"挑选后拿出来敬献给党呢？

我决定把我人生旅途中的"唱本"，以《边走边唱》为名结集出版。时间久远的"唱腔唱段"，当下看来，难免透出历史的陈旧味、透着青涩的稚嫩和笨拙，但我也绝不敢有丝毫的改动，因为，打磨光亮的古董还有其价值吗？

意已决，亢奋中写此文字权为后记。

当我把书稿寄给资深的出版编辑赵小江老师后，他建议说，四十二万字，六百多页，太长太厚了……我衷心感谢赵老师的热诚和认真，当即接受了他的指导，又一次忍痛割爱——舍弃太多，此集只能是残缺的人生路戏了。

如此如何？

各位读者是最权威的评判人！

感谢大家和我一起去浏览和新中国同行的一代人的灵魂原野，去品评他们的精神长相！

感谢王小朋先生给本书写序。他是洛阳市作协副主席、

《牡丹》文学杂志主编。多年来，他坚守着文学阵地，看护着文学尊严，培养抚慰着作者，用文学引领着人心。他又是中国作家协会会员、一个文学眼界很高的作家，在文学的千林万壑中与他相遇相识是一种幸运的文学情缘。他能给我写序，令我不胜感激！

　　感谢所有关心、关注、支持、帮助我《边走边唱》问世和传播的亲朋好友。感谢你们见证我对昨天的握别，审视我人生步履的印痕，点评我对人生向往知行合一的书写，商榷我用灼热的文学激情对人生景象的诠释……

　　《边走边唱》没有承载时髦的娱乐功能，因此，能够坚持读下去的读者都令我感佩。和《边走边唱》同行，能和我产生心灵共振、获得释放感的就算是知己知音了，倘若能发现我们这一代人独有的时代烙印和精神胎记，并能共我一起用文学去观照时代和现实，那一定就是我的孪生灵魂和同道同心了。

　　知己、知音、同道、同心一定会很多。我不是期待，是坚信！

2021 年 5 月 19 日 18 点拟于洛宁县城翔梧路宅

2021 年 7 月 26 日 16 点 11 分补充于翔梧路宅

2021 年 8 月 30 日 22 点 37 分再次补充于翔梧路宅

图书在版编目 (CIP) 数据

边走边唱／段文明著. -- 北京：中国文史出版社，
2023. 3

ISBN 978 - 7 - 5205 - 3547 - 2

Ⅰ. ①边… Ⅱ. ①段… Ⅲ. ①随笔-作品集-中国-
当代 Ⅳ. ①I267. 1

中国版本图书馆 CIP 数据核字（2022）第 094799 号

责任编辑：牟国煜

出版发行 **中国文史出版社**
社　　址：北京市海淀区西八里庄路 69 号院　邮编：100142
电　　话：010-81136606　81136602　81136603（发行部）
传　　真：010-81136655
印　　装：北京新华印刷有限公司
经　　销：全国新华书店
开　　本：720×1020　1/16
印　　张：16.25　　字数：171 千字
版　　次：2023 年 3 月第 1 版
印　　次：2023 年 3 月第 1 次印刷
定　　价：58. 00 元